隧道96小時——邱醫生的明日傳奇

#邱仁輝

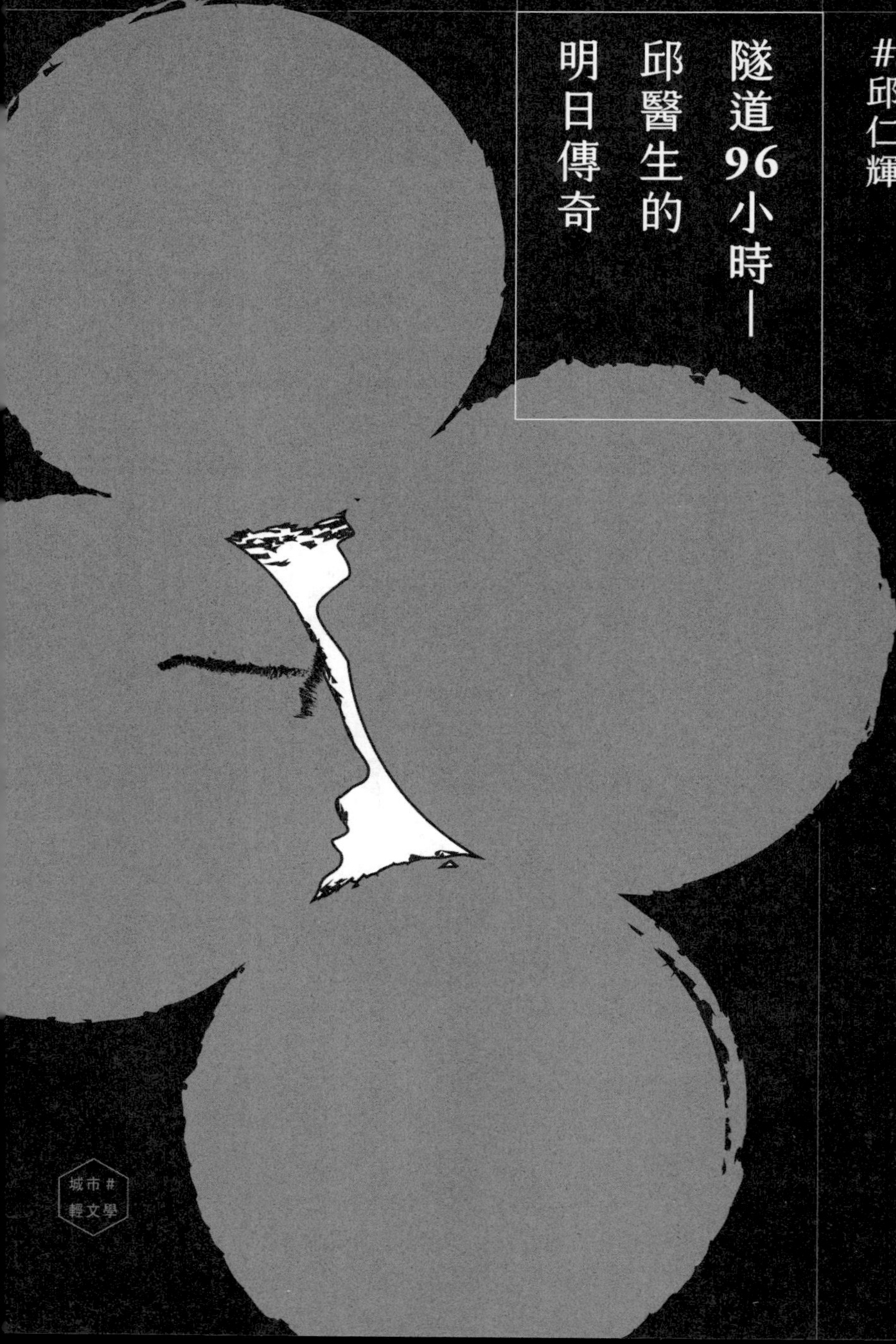

城市#輕文學

作者簡介

邱仁輝醫師，台北市人，父親為台灣早期的外科醫師，自幼即承襲父親「劍膽琴心」的教導。高雄醫學院畢業後實習於台大醫院，任台大醫院第一屆外校實習醫生總代表。畢業後於台北榮民總醫院完成住院醫師訓練，任一般外科主治醫師。任職期間，於一九八九年完成國立陽明大學臨床醫學研究所博士訓練，兼任臨床醫學研究所副教授，並於一九九九年取得教育部部定教授資格。除此之外，並任榮總網球社社長達五年之久，期間帶領台北榮總網球隊榮獲外科醫師公會、台北市醫師公會，及全國醫院網球聯誼賽個人組與團體組的多項冠軍。

於外科主治醫師期間，有感於現代西方醫學對癌症治療的限制，乃投入中國傳統醫藥學的研究，專門研究整合醫學及針灸中藥療效機轉的探討。於二〇〇三年至二〇〇九年期間，兼任陽明大學傳統醫藥研究所所長，目前致力於整合醫學的臨床應用，於二〇〇六年開始整合醫學的教學課程與研究，並於二〇〇九年在台北榮總創設乳癌整合醫療門診，提倡「運用科學的方法來證實其療效，並達到使用安全的目的」為中心思想的癌症整合醫學。

自一九九六年起，與王志宏先生共同執行「馬背上醫生」的醫療計畫，主要在四川省甘孜州培訓當地基層醫療人員，解決高原牧民「缺醫少藥」的窘境。自一九九六年起至二〇〇八年止，共培訓三百廿六名村級鄉村醫生，自二〇〇九年開始，在青海省玉樹藏族自治州執行基層醫療計畫，與王志宏先生一同維護青藏高原上牧民的健康，與促進當地的醫療發展。然而隨著二〇二〇年新冠肺炎肆虐全世界之時，藉著科技發展與人類的活動也漸漸重新啟動，尤其是視訊的廣泛運用，「馬背上醫生」複訓計畫，也在二〇二〇年底重新啟動，達成了青藏盆地—高原台北「無遠弗屆」的終極理想。

現世福報

彭芳谷　台北、台中榮民總醫院前院長

日前多年同仁邱仁輝教授送來他的第三本書的文稿《隧道96小時—邱醫生的明日傳奇》請我推薦，本想推辭，但是看到內文的時候，卻讓我很想知道後續的結果而欲罷不能，讀後發現內容極為特殊與神奇，故樂於為文推薦。

邱教授身為臨床外科醫師，又投身陽明交通大學傳統醫藥研究所的教學研究工作，加上同時申請競爭激烈的國家型研究計畫，邱教授終於不支倒地。以我自己是臨床工作者的經驗，幾小時的昏迷不省人事，即使在往後積極地救治也難脫離是植物人的結果。然而，邱教授卻能在大家認為不可能的情況下，奇蹟似地在急診室恢復生命現象和腦部功能。這種瀕死又復生的經驗並不是每個人都曾體驗過的。邱教授文采洋溢筆觸細膩以劇場的方式描述這段死而復生的旅程，讓人有身歷其境的震撼。

夢醒時分是一個很奇妙的階段，我雖然不知道邱教授的宗教信仰，但是忽然看到異象指引方向才脫離夢境，而夢醒時正好是十二月二十五日耶誕節，真讓人覺得邱教授一定是有更重要的任務需要他去完成吧。從他二十七年來不間斷地訓練青藏高原的鄉村基層醫生並幫助當地的牧民維護健康，這種仁心善舉讓他在這次的意外事件中得到現世的福報，值得慶幸與感恩。

文中有一段「邱教授對第一年、第二年住院醫師教導如何照顧病人；第三年、第四年住院醫師教導如何開刀；教住院總醫師如何做臨床處理決定；教年輕主治醫師如何處理突發事件及併發症。」這勾起了我以前當主任的時候的記憶。當時一個年輕的第一年住院醫師因為有病人是急性闌尾炎必須開刀，但是他並沒有到急診室看病人，而被罰延後半年當總醫師。主要的原因是看病人是醫師最重要的事，開刀反而是其次的，如果手術前不看到病人就開刀，那是嚴重違反外科手術診斷的原則。從文章裡可以看出邱教授不只對醫院的住院醫師教學認真負責，也對大學研究所的學生非常親和，這種亦師亦友的關係真讓人稱讚。

邱教授在醫院學校裡的表現都十分傑出。從他與夫人一千多封的魚雁往返，搭過台鐵古老到現代的鐵路車廂，走過台灣各個角落，在畢業後完成了是初戀也是結婚，初戰即終戰的愛情之旅，有點類似我與內人的一見鍾情的過往。

有人說：「如果我的人生能夠再來一次那有多好？我一定會重新來過……」很多人都羨慕那些死裡逃生的幸運者，說：「如果我也能像他那麼幸運昏迷後又醒來完全沒事就好了。」邱教授的這本書應該會讓讀者對生死之間有更深入的省思，特別推薦。

彭芳谷

張永賢　中國醫藥大學名譽副校長
中國醫藥大學針灸所教授

生命的奇蹟

人生有生老病死，這是生命正常的規律，如同春夏秋冬，晝夜輪轉，至於死後是否重生復活或是前世今生的輪迴，非常人能體驗理解。孔子言：「未知生，焉知死。」是要學生們好好把握在世的「生活」，活在當下，活出生命的意義，彰顯生命的價值。

二〇一七年耶誕節前邱醫師在陽明大學傳統醫學研究所昏倒多時，無人知曉，幸有未下班人員發現，及時呼叫學生們給予心肺復甦術，當時邱醫師已無呼吸心跳，並由救護車立即送到隔壁台北榮民總醫院急診室搶救。經過四天在加護病房醫療生命照護，在醫護照顧、師生及家人集氣祈禱之下，脫離險境，在耶誕節醒了，平安取下氣管插管及鼻胃管。這段接近死亡昏迷的期間，腦海閃過他人生的跑馬燈，但他穿過迷霧中的白色長廊，打開重生的大門，奇蹟式地甦醒。如今再生的邱醫師寫下今生「曾經」的印記，訴說他的「生命的奇蹟」。

經由邱教授的流暢文筆的重述，透過他的跑馬燈夢境，雖是零星片段，由〈夢裡小孩〉童年情境的再現和高原上快樂卻眼神落寞的小男孩，已可感受到他魂縈夢牽的人物和風景。藉由〈我們那一班〉、〈會跳的咖啡〉、〈青春魔咒〉、〈曲終人散〉串出過去師生互動的點點滴滴。邱教授精通星座學，以此分析學生特質，招收學生及助理，掌握研究室的學習氣氛，為學生的人生問題解惑。專題討論會、盯學生的實驗，陪學生唱歌紓壓，三不五時還要做學生的心理輔導師，在人生的黃金青春時期，邱教授不只是指導者亦是陪伴者，適時的指向，陪他們成長，是學生們的伯樂。邱教授的研究室是自由、快樂、溫馨、自我實現的空間。作為邱醫師，他不只專注疾病的原因、病症、病情、治療及結果。由幼時對父親的回憶，自己操作過的手術，和病患及家屬的互動交流場景，雖物是人非，辦公室抽屜滿滿都是病人和學生的「謝卡」，最想留住的是曾經在剎那間收到的感動與不捨。五幕的〈醫院劇場〉娓娓道來昏迷甦醒的經過；〈夢醒時分〉、〈無解的謎團〉、〈庇佑〉邱教授試著以醫學分析自己的重生奇蹟，也感謝上天的保佑，藥師佛的指引、上帝給的福報及學生們的集氣祈禱。在病後，邱醫師又再度前往青藏高原西寧接受大自然的挑戰，去西寧塔爾寺還願，拜訪藥師佛。回國後，靠調整生活習慣，終於克服了〈長夜漫漫〉的煩惱。〈夢境隨話〉討論昏迷過程就好像在臨終中陰跟夢境中陰之間徘徊。大病之後，重新審視取捨，認定做一位醫生是一種天職。因此，推卻眾多為官高升的機會，〈甘於平凡〉不忘初心，方得始終。持續推展「馬背上醫生」複訓計畫，不受新冠肺炎阻隔，使得海拔四千公尺以上的牧民健康能夠得以維持，青藏高原─台北盆地的連結，結合傳統藏醫與現代科學醫學，是一段〈無遠弗屆〉的因緣。在生死邊緣走過，邱醫師已無畏哪一日「時鐘停了」，他是平靜滿足感恩的，更進一步邁向〈未來世界〉，不懈怠的研究如何增進人類的健康。

這是邱醫師的第三本書，真是歷經生死之作。前二本書是他在藏區推動醫療的過程，他學作藥師佛，經歷十五年，穿過四十萬平方公里（十個台灣大）進入青藏高原的仁醫傳奇，他有說不完的「雲端醫療」的故事。這次更現身說法，告訴我們他的「生命的奇蹟」。死生有命，少有人真正經歷過生死徘徊的旅程又平安無事地回來。很榮幸能經由邱醫師的跑馬燈，更深刻體會他的仁心仁術和誨人不倦的態度，秉持著龐大的善心、愛心和關懷心對待患者和家屬、學生和家人，博愛濟群地熱情推動遠在四千公尺高原的牧民基層醫療，足見他的生活豐富多彩，生命的意義價值非凡。難怪當他走過那道長廊，藥師佛希望他再回來濟世救人，傳道世人。不論為人師、為患者皆是我們敬仰的典範。

面對不確定的新冠疫情逐漸在傷害人類的心理健康和幸福感，好好的活著，珍惜感恩平安的每一天，向邱醫師教授看齊，盡力的生活，發揮生命的價值。日出而作，日落而息，每個人每天醒來對昨天而言都是再活過一次，我們也是幸運者，每天都已經擁有第二次的機會。

明天傳奇

王志宏　經典雜誌總編輯

〈如果還有明天〉原是主唱薛岳絕望中祈求生命能延續，也成了他人生最後的代表作。但好友邱仁輝醫師，打破了醫學現實的桎梏，從實驗室裡昏迷，院外心臟停止，終竟奇蹟式的甦醒，於是直到現在都如常地活在「明天」裡。所以身處明天的他，還寫下自身的過去經驗，這可造就了名符其實的「明天傳奇」。

不曉得從何開始藏友會朋友不再是問他青藏高原計畫如何？甚或自身或親友間的醫療問題，而竟是帶著各自（或兒女）的星座命盤去來參加理監事會。當然一個醫生科學家，竟然對星座有其獨特的熱情，而更發展成他處世待人的一個SOP，雖然他的分析可是十分中肯也算準確，差可達到半仙等級（原諒我這麼說，我個人比較喜歡他醫師教授的頭銜），但邱醫師的副業竟如同他的專業一樣受到尊敬與喜愛。讓我好奇的也去請教了GOOGLE大神：

「雙子座的人，在性格方面的最大特徵便是具有極敏銳的觀察力。雙子座的人，手藝十分靈巧，在各方面也都能表現出自己的才能。強烈的好奇心，和不斷吸收新知識的慾望，會使雙子座的人經常保持年輕、且富有魅力，使得眾多的朋友圍繞在他的四周。個性敏銳又快捷。有強烈的好奇心和求知慾，對於新觀念和新流行的感觸十分敏銳。雙子座的一個性格是脾氣乖戾的藝術家態度，另一個性格是明朗的社交家，這種雙重性格會使雙子座的人，生活發生矛盾，喜歡幻想，易滿足於沉思和白日夢。但富有靈感和想像力，是故，這星座的人有很多作家，新藝術的創始者，發明家，作曲家等等。」

（參考網址：https://www.ai5429.com/17/t08/a03.htm）

這大概說對了我認識的邱醫生八成。雖是外科醫生，竟然當了陽明大學傳統醫學研究所所長，在門診、開刀、教學與研究外，還能抽空寫書。而他數次婉拒了眾多外人眼中高升的管理職稱，甘心於年年安排出一個空檔在四、五千公尺的高原上浪漫地玩著泥巴（經常泥濘滿身，如同玩完泥巴的小孩），一路上得強忍著高山反應的不適，還應付著藏人熱情豪放的送往迎來，當然背後實是為著高原藏民提升公共衛生與基礎醫療教育的大愛，這對顯性與隱性並重的雙子就是合理至極了。

從他所描述的幾次瀕死經驗，除了跟他的妻子相關的之外，包括這一次，應該都與我有些關係，所以他說我來幫他寫序，當然是義無反顧而是好像還含有點自首似的告白。所以我就來說說參與他生命中的青藏高原部分。他說開小北京被大卡車逼入溝裡，我並沒在他旁邊，但跟我脫不了關係。

應該是在一九九五年我們一行正在四川的甘孜州大旅行，我們相繼走了川藏公路的南北線，主要是希望能找到未來馬背上醫生計畫的項目點。也不曉得是否藏區諸神要考驗邱醫生的醫術，就讓我生了一場急性腸胃炎，當我不得不停在甘孜小鎮休養，鎮日服著邱醫師從當地藥房買來的成藥，但他老兄可沒隨侍在側，反而確定我從原先每三十分鐘要從三樓的房間走下樓到二百公尺外的公共廁所，縮至每小時頻率，他就不告而別，開著踩剎車會右偏的老爺小北京吉普去川藏公路上闖蕩。當天傍晚神情鎮定的返回，僅輕描淡寫地說不小心開下了溝裡，沒啥事。我不為意，反而稱讚他找的藥確實有效，我們隔日隨即出發。沒他的自我招供，我一直被蒙在鼓裡，但我觀察他往後很少在高原上開車也是事實。

而另一個他所提到的失溫經驗則是我們二十年前相約去轉岡仁波齊神山，這在當時是一趟十分艱辛的行程，除了得事先安排一個月的時間，單是從拉薩順利的話顛簸個三天，上到四千五百公尺的阿里岡仁波齊山腳下大金寺。然後再從早上四點出發，最高可達海拔五千七百公尺，如此走個兩天，當可順利轉山完。出發的天氣是下著雨雪，緩步上坡，再加上冷冽的氣候，一路上走著，也因為久久才停歇一會，僅聽得他抱怨，雪水順著褲腳流進鞋子裡，又濕又冷又累，下午好不容易走進了山腳下的住宿站，我倆二話不說，鑽進自帶的睡袋再蓋上提供的濕冷棉被，嘗試讓自己在零下十幾度的環境下找回溫暖。但一會兒，就當我覺得自己稍微正常，我看到他下床離開，等了數小時不見他返，我覺得不對勁起身去尋找，終發現他流連在休息站的駐站小伙子房間與著普通話不流利的小伙子竟然可以對話幾小時（邱醫師有很多優點，但與陌生人聊天應該不是其中之一）。我環顧了一下兩坪大小的房間，原來裡面有著唯一的火爐，還在埋怨他，有好康不相報。直到隔天轉完山後也才淡淡地說，昨天他感覺失溫，再窩在涼被裡肯定活不了，那個小伙子與火爐救了他的命。

也許是他的醫學專業，所以有關病痛一事，只要有他在旁，就通通不是我的事，但非醫學專業的事，應該就是我的事，包括他能完成轉山回到他的妻子身旁。當翌日早上，我們艱辛地步上行程，一路往五千六百多公尺的隘口出發，對業餘登山者，雪中要垂直上爬七百公尺可不是容易的事，往上走一步都得喘息好久，而冷冽的空氣，連肺都被結凍，感覺吸不進一口氣，但轉岡仁波齊比的並不是速度，我望著落在後頭的他，一直懷疑邱醫師會不會心裡不停咀咒著，他為何跟我踏上了這條不歸路。沿途我們丟棄了舊衣服，象徵與過去一生的罪愆告別。當晚，我是早早地回到了大金的小旅店，有著轉山後的福佑，我可是一點都不憂慮即使他晚了許多才歸。

雖然與他算是某種程度上的真正生命之交，但我倆在台北辦公室的距離不算遠，也總是藏友會的理監事會才會碰面。他暈迷那段日子，僅是懷疑他怎會不回電子郵件與 LINE，他的妻子說他身體有些狀況，等方便時會再與我聯絡。

我當然不疑有他，我僅是十分篤定。據說轉一次岡仁波齊可以消除一輩子罪愆，但我倆去的那年是馬年，因為釋迦牟尼是馬年生，所以多增加消除十二輩子罪愆的功德。所以他的幾次瀕死經驗都足夠扣抵的，而且還剩很多。

另他一直記得引領他出口方向的小藍孩，當我之後聽他陳述時，我第一時間就跟他說一定是藥師佛，人家青海可可西里治多縣的藏醫院院長感謝他為藏區百姓醫療公衛上的努力，老早就送過我們壓克力製的藥師佛像！

所以邱醫師的明天還是會持續，也希望他再多留點傳奇下來。

推薦序

回來真好

胡瑞　英商邦瀚斯拍賣公司大中華董事長

「有德之人必有福，他不會有事的！」接連有兩位朋友聽說了邱醫師昏迷時都回了我這句話！

二〇一七年十二月二十二日，在一志工團體，一位陽明醫學院的護理教授告訴我，邱醫師昨晚昏迷，情況很危險。我和醫生娘是大學同學，有四十多年情誼，非常了解她的脾氣。如果打電話問她阿輝（邱醫師的暱稱）的狀況，除了會打擾她之外，她也只會淡淡的、鎮定的回說：「你不要來，現在就是觀察中。」於是我打電話去榮總，一個一個的急診室，一遍一遍地重複，我是誰，我和邱醫師夫婦的關係。說了四遍以後，我問到了阿輝在哪裡，就直接奔去了！站在急診室外面，等了不知道多久，被出來的小小邱醫師（邱醫師的兒子）看到，才換了我進去。

看到額頭上有明顯傷痕，又全身插滿了各式管子的阿輝，我真的不知道該說些什麼，除了焦急，也不記得我心裡想的是什麼。第二天再去時，握著阿輝的手：「你醒來，我這一次一定跟你去青藏高原！」二十多年的「參與」青藏高原活動，從來沒有實際去過一次，承諾是要完成的。二〇一八年六月五日，我們終於成行，去了西寧塔爾寺。

這一次拜讀了邱醫師的第三本大作，重新認識了四十多年邱仁輝醫師不為我知的一面，看到更多的阿輝，一個我原以為不是少話，而是根本不說話（其實是精力都用完了），卻是如此活潑的阿輝，熱愛生命，對人無比熱情的阿輝，好個無憂無慮喝酒打屁……的阿輝。

「一時間，整個急診室充滿了好像有VIP怎麼了的氣氛！」

VIP——Very Important Person！是的，邱仁輝，他是一位很重要的人！對上（父母、師長），對下（學生、兒子、小輩），對同儕（太太、朋友、病人），除了認真做事，對每個人都很重要，他是每個人的VIP。我們都會有一樣的問題：「你看到了什麼？」人生的跑馬燈在眼前一場一場一幕一幕的播放，人生的所有大經歷，大兒子、妻子、父親、阿公、學生、病人的共處、青藏高原……岡仁波齊神山、山溝、翻車的一切……。

很多曾經有瀕死經驗的人，再回到人間，會更加珍惜光陰，並重新審視自己，更積極的面對人生。

透過阿輝的奇異旅程，我們是不是也能從中獲益，感恩從每一天睜開眼睛開始！

自序

如果再活一次

人在臨終的時候，會經歷很多場景例如一道長廊、一條隧道、暗黑的地方……。不管哪一種說法，唯一認同的就是遠處的盡頭會出現一道白光。當然，因為沒有人真正經歷過這段旅程又平安無事地回來，所以這種說法的真實性並無可考。甚麼叫幸運？甚麼叫奇蹟？這是很少人能夠回答的問題。而我……卻能回答。

從小時候調皮搗蛋到大的時候冒險犯難，經歷過高速公路上打瞌睡而差點翻車、從五樓的頂層攀著頂樓邊緣跳到五樓家裡的花臺、在青藏高原上開小北京吉普車因不熟悉路況被大卡車逼得翻到路旁的山溝裡、騎馬不熟悉馬性而被馬戲弄摔下來、去轉岡仁波齊神山的時候差點失溫凍死在山上……。雖然都很驚險，但卻不如這次因為過勞而昏迷，被送至醫院急診室時已經院外心肺停止（OHCA）來得更接近死亡。

醒來之前的夢境就像處在經常上班的白色長廊中，可是卻找不到出路，彷彿困在狹小的夢境裡。一如眾人的猜測，人生的跑馬燈在眼前一場場一幕幕地播放，白光在那遠遠隧道的彼端迎接著。忽然看到已經熟悉二十幾年的異象指引方向才脫離夢境，而夢醒時分竟然是十二月二十五日耶誕節。雖然科學理論滿足了「龜息大法」的傳說，卻無法解釋神智依然清明的生命奇蹟。在急救回來做過許多檢查仍然找不到確切可能的原因，或許是上天要我暫且休息一下吧。至於是否真如奇人軼事的生命奇蹟，大家就當是欣賞一本「鄉野傳奇」，姑妄聽之囉！

有人說：「如果我的人生能夠再來一次那有多好？我一定會重新來

過……」很多人都羨慕那些死裡逃生的幸運者，說：「如果我也能像他那麼幸運昏迷後又醒來完全沒事就好了。」其實，日出而作，日落而息，每個人每天醒來對昨天而言都是再活過一次，我們是不是就像那些幸運者每天都已經擁有第二次的機會？

在此特別謝謝台北榮民總醫院相關的所有醫護人員，更要謝謝摯愛的妻子及家人在這段期間辛苦的付出與陪伴。

目錄

夢裡小孩

你上次謝謝上天是多久以前的事了？

彷彿才歷經二〇二〇年二月新冠肺炎流行時的「封城」景象，一年多的偽平安假象，終在二〇二一年五月被戳破了。走在醫院的長廊，病房的走道，隱隱約約看到病床邊的救命神器（呼吸器）的身影，懵懵地聽到那神器呼吸的聲音……。

模糊底黑……模糊底灰……模糊底白……。

在一片白色長廊中，遠遠地好像是一扇門，但走近卻無法打開。回頭尋找其他出口卻無法辨認是哪裡？在這熟悉又陌生的長廊裡，走來走去想開門又打不開，想叫又叫不出來，四周彷彿越來越白了起來，卻又瞬間黑了下去……。

還是身在那片白色長廊中，像極了螞蟻到處嗅聞盲目焦急地尋找出口的模樣。正當依舊無法打開門往長廊另一端走去的時候，隱隱約約地看到遠處上方有七彩的顏色。稍微走近離那有彩色的地方約莫五六步的距離，往上看在長廊盡頭左上方的角落竟盤坐一個小孩，右腳屈膝盤著左腳自然地垂下，露出青綠色的臉龐在藏紅色的袍子上，竟不顯得猙獰恐怖，反而像頑皮的小孩，噘著嘴，用右手指一指他的左手邊，好像示意我往那個方向走去。我順著他指的方向走去，竟然是一道門，我猶豫了一下深怕又像長廊那邊的那道門一樣無法打開，可是……這一次這個門竟然開了。

二〇一七年十二月二十五日傍晚。

「篤——達——」

「篤——達——」

「篤——達——」

規律的聲音，在我耳旁響起。

模糊底黑……模糊底灰……模糊底白……。

這一次，模糊底白越來越清楚，似乎有黑色的影子在動，一下在右邊，一下往左邊……。

「邱醫師，邱醫師，聽得到嗎？」

「篤——達——」

「篤——達——」

聽到耳旁的機器聲，看到眼睛上面白色牆壁，才驚覺到自己——「醒了」。

「現在還好嗎？」

「我是誰知道嗎？」

「你到底怎麼了？」

「胸口會不會痛？」一連串的問題，在我耳邊響起。

「你怎麼啦？你不知道？」家人說道：「你昏倒在學校，也不知道多久了？到晚上工人要下班的時候，看到實驗室的燈還亮著可是門是鎖著。工人爬上門板上方才看到你整個人倒在地上，那時候已經晚上七點多了，也不知道你昏倒了多久？」

「當時已經沒有呼吸心跳，在場的學生先幫你CPR，等救護車來送你到榮總急診室。顏主任說你送來的時候是OHCA（到院前心肺功能停止），經過急救後呼吸心跳是有回來，但是怕腦部傷害太大，所以建議做低溫療法觀察是否有機會救回來？若還是回不來可能就是一輩子就這樣像植物人了……」

那是二〇一七年十二月二十一日發生的事，那天夜裡恰巧是「冬至」夜特別地長。夜裡發生甚麼事情？有甚麼感覺？似乎都沒有甚麼印象，有如進入一片黑暗，暗到看不到手指，彷彿身在一片底虛無……靜寂……無聲……。

「你醒來之前是甚麼景象？」

「有沒有看到一道光？」

「你腦子有沒有……不好？或手腳有沒有麻痺不能動？」一連串的問題襲來，彷彿身處《鐵達尼號》那部電影裡，在那布滿繁星點點的夜裡，寒冷的北大西洋紐芬蘭附近，打撈鐵達尼號的船長和大夥們聚集在船艙有著沉船影像的螢幕前，對著已經是年事甚高女主角 Rose 的臉，個個睜大眼睛焦急地盯著，迫不及待地等著 Rose 娓娓道來「鐵達尼號當時究竟發生了甚麼事？」一樣，將我團團圍住，就等著我開口。

「其實沒有甚麼大異樣，就是覺得剛剛從睡了一個很好很舒服的覺醒來一樣，很舒暢很清醒。」剛拔完臉上的胃管氣管插管之後的我，帶著沙啞的聲音說出我「再生」之後的第一次感覺。「印象中好像沒有看到甚麼很亮的白光呢！就好像做一場大夢吧！」我盡量地回想看看是否有這麼一段大家都想去看看又不能去的這段旅程。

記憶中以前看西方電影的時候，那些英雄在中彈或是瀕臨死亡的時候，都會身體輕飄飄地俯瞰一望無際金黃色的大地，手輕輕觸摸著因飽滿而低垂的麥穗，緩緩地迎向遠處依稀越來越明的妻兒⋯⋯。

「邱P.（邱教授簡稱）一定會醒來的。」一直在網球場搭配我打雙打的搭檔（寶哥），安慰我家人說：「那天我夢到邱P.一個人站在一片荒蕪雜草叢生的球場，四周都沒有人——我相信他一定會醒的。」隔天，他又來探視昏迷的我。「昨天我又夢到邱P.在球場，這次球場沒有雜草，還有翁副座在場。不用擔心，他一定會醒的。」這次寶哥說得信誓旦旦地。

「在你剛醒來的時候，還插著氣管插管，無法說話，你就瘋狂地用筆在白紙上寫，可是我們根本看不懂在寫甚麼字，實在太像畫圖了，無法辨認。」家人描述著我剛醒來可以理解周遭事物時的反應，也在我甦醒後親戚朋友來探視之時，講了很多我不知道的事情。

「邱P.就說你會醒吧！我都夢了兩次。」寶哥對著剛甦醒的我說。寶哥是個典型的雙魚男，具有浪漫又柔情的特質，是我們一起打網球的雙打夥伴。拿過全國醫院團體組冠軍，打球時有忍辱負重不輕易失誤的特色，所以有「不死寶」之稱。天生不太喜歡競爭，性格既敏感且悲情，常常在球場跟球友訴說在職場遇到的不平與苦楚。面對一個在你昏迷的時候會夢到你，甚至連續兩天夢到的夥伴，不得不激起心中油然升起的感激之情，畢竟「日有所思，夜有所夢」呀。至於夢境中的雜草叢生的球場與西方電影情節裡一片金黃色的麥穗田是否有異曲同工之趣也就不得而知了。

說到夢境，記憶中最早的夢境應該是小學的時候。朦朧中眼前忽然一團紅色，忽然一團黃色，忽然一團綠色的顏色迎面而來，忽而變得又大又近，近到快碰到睫毛，忽而急速遠去遠到幾乎看不到。那不同的顏色時而快速旋轉時而戛然靜止。伴隨著斷斷續續的聲音，時大時小，時而尖銳時而柔和……。

「仁輝、仁輝，醒醒！怎麼在這裡睡著了？」在搖晃中我發現我躺在樓梯間，是媽媽將我搖醒的。

「我聽到樓下有吵雜的聲音，就跑下來看看怎麼一回事，結果太累就睡著了。」我勉強睜開睡眼惺忪的眼睛，迷迷糊糊地跟媽媽說道。

在六〇年代那時候，父親算是台北市中山北路上很有名的外科醫師，很多從天母、士林、石牌、雙連等地，甚至有來自中南部的病人特別來找父親看病。因為當時的醫生並不多，所以許多如台大、馬偕等的大醫院醫師都會互相關照支援。甚至會與大稻埕的茶商、舶來品店的老闆娘結交成好友。平常就偶有吃會（聚餐），有時候約三五個好手到北新庄或宜蘭山區打獵，記憶中生平第一次吃山豬肉和蛇肉都是父親打獵來的。逢年過節大夥帶著家眷開著幾部車子，離開台北往中南部的山區尋幽訪勝。在特別的日子或心血來潮之時，會在家裡舉辦家庭舞會。父親也因為這樣的聚會將家裡的大客廳裝潢成有立體設計內建五彩霓虹燈的屋頂，正中央還有個大的旋轉水晶玻璃球，在五彩燈光的烘托下顯得特別地華麗剔透。

聽到一陣吵雜聲音，忍不住心裡的好奇，我躡手躡腳地從床上起來躲在樓梯間，偷看著樓下人影幢幢隨著音樂翩翩起舞，五顏六色的燈光不時地閃閃爍爍，在柔和迷幻音樂中，抵不住睡魔的我陷入如夢乍醒的情境。這種忽近忽遠七彩幻化的顏色，在往後的幾十年，依舊斷斷續續地會出現在我的夢境。

「篤——達——」

「篤——達——」

呼吸器的機器聲，一聲一聲規律地打著。白色的屋頂白色的牆，只有白天沒有黑夜的日子，彷彿我飄在白色床單的床緣，看著下面浮腫但熟悉的臉龐，鼻胃管跟氣管插管幾乎遮住了往日的笑容。這影像似乎在一個好朋友因小腸壞死敗血症的時候看到過。當時心想不知道眼前這個人是否可以度過這個難關？胸口隨著呼吸器的聲音一上一下，長睫毛下的眼睛因浮腫而微張，在那機器聲此起彼落之時，在低於正常體溫的低溫療法之時，你在哪裡？

「我在哪裡？」

走在走過近三十幾年熟悉不過的長廊想進辦公室，走著走著似乎一直無法向前，反而地面有了缺口，周遭的牆壁也像骨牌一樣坍塌又忽然重建起來，可是重建後的卻又不是剛剛走過的長廊……。我一而再再而三不斷地嘗試，場景就像一個善於科幻的導演在不小心落下一地的場景劇本後，混亂中匆忙地撿起卻忘了重新編排就演出的情境，完全沒有章法與劇情只是呈現出無厘頭的片段與影像。

交織的影像在眼前不斷地堆疊，往上到了白雲之上天邊之際，往下經過大山涉過大水，時而晴空萬里，時而風雪交加；靜時溫文婉約如一片扁舟泊在蜿蜒觀音山前的淡水河，動時雷霆萬鈞似策馬奔騰於甘孜州的格聶山下；迎著崑崙山上寒風刺骨的冰凍，混雜著台北市冬日午後閱讀的閒適與和煦。

倏忽——一切凝結在身著藏紅袍的小孩身上。

藍天白雲襯托著綠水黃土，山丘旁的寺廟門口，散落一地的藏紅。紅袍下蹲坐的身軀上露出一對墨黑的眼珠，與遠處山坡上犛牛的黑，相映成趣。趨前一看，小孩倉皇地離開，卻又忍不住地回頭望著，再轉身離去的剎那，留下了一口雪亮的白牙與不知道是感傷還是落寞的眼神……。

清風微起白雲飄過廣大綠茸茸的高原，點點犛牛像似散落一地底黑色珍珠。傳統黑色帳篷裡最漂亮的景色，是雨後太陽晒到帳篷的時候。朦朧的水氣後方，隱隱約約的看到女主人手抱著剛出生不久的娃兒，略顯疲憊的臉上掩不住那比陽光還燦爛的笑容；金色的光芒灑在揪著媽媽衣角的小女孩臉上，映著陽光的微揚眼角裡一閃一閃的。帳篷裡四下安靜，背景全黑，只剩這一幕在陽光水氣中流著鼻涕綻放笑容的女孩圖像，而這圖像也成就了一部《挖蟲草的女孩》。

帳篷的另一角，男主人帶著約莫七八歲的小男孩學著使用工具。小孩稚嫩的臉龐因身處高紫外線的高原而兩頰晒紅，高原氣候寒冷而經常流鼻涕混雜著酥油的嘴唇，在笑的時候更顯得調皮與機靈。在男主人專心地示範如何製作想要的工具，一開始小男孩還規規矩矩地站在桌旁，隨著時間一久，小男孩就開始沿著桌邊動來動去，時而趴在桌上，時而鑽到桌下，甚至還倒立著跟著男主人說話。

「把拔，你猜我在哪裡？」小男孩的衣服因倒立而蓋住頭部露出白白的肚子和小小的肚臍。

「把拔，快點，你猜我在哪裡？」父親沒有回應。

「把拔，我在桌下，你來找我呀！」小男孩看父親沒有反應，就拉著他的衣角說。「叮噔！」男孩的父親一邊說著一邊突然往桌下一探，鼻子幾乎與小男孩的臉正面撞在一起。黝黑的皮膚與稚嫩的臉龐一時間竟成了一正一反的倒影。

「我來抓你囉！」男孩的父親蹭著小男孩的臉，有力的右手順勢將倒立的小孩翻轉過來。

「趕快坐好了。」聽了父親訓斥的口吻，小男孩用手揉著漲紅臉旁的耳朵，一摺又一摺，好似耳朵軟到幾乎可以摺成一小方塊塞到耳朵裡呢！不說話的小男孩站在那裡，完全看不到剛剛頑皮機靈的模樣，與周遭嬉戲遊玩的其他小孩鮮少互動，偶而與他四目相對，可以感受到那憂鬱眼神下孤獨的靈魂。

突然之間，天色昏暗，只聽到帳篷外大雨傾盆，夾雜著如豆大的冰雹，打在帳外的臉盆叮咚作響。

「沒事的，等下就放晴了。」小男孩自信地說著。

約莫一盞茶的時光，天色微亮，雨後清新草的氣息漸漸瀰漫在帳篷裡。待陽光大出，金色光線透過黑色帳篷的孔洞，襯托著滲透帳篷因陽光照射冉冉上升的水氣，形成一幅喜好攝影的最佳影像。

「走吧！我們去曲登（佛塔）看看。」小男孩跟其他小孩說著，並示意我一起去。看著他跨著超長的大步，輕鬆且悠閒地跑在濕漉的大地，還不時地回頭照顧那些小小孩，在絢麗陽光的照射下，拖出了一道道細長迤邐的身影。高原壩上的花草正盛，平地而起的曲登因剛剛驟雨的洗刷更顯得亮白，彎如眉月的兩道霓虹高高掛在曲登之上。凜冽的強風吹得白塔上的五色經幡沙沙作響，好像風在為你唸經似的。

高原上的氣候似乎沒有四季，只有夏天和冬天。夏去冬來，兩季更迭。草壩上的強風依舊吹著，低沉的梵音依然懾人，人生最經常不變的定律就是「無常」。

數十年來「上高原看看」成了每年的念想，縱使再累再辛苦也總覺得收穫滿滿。小男孩在風餐雨宿的帳篷下也慢慢長成胸前戴著白色狼牙項鍊的大小孩了。偶爾小孩會入夢來，有時是一群人中令人注目清秀的臉龐，有時是和母親磨蹭臉龐的稚嫩小臉，但是不論是在群體之中或是人群散去踽踽獨行之時，回首望來，總看到那雙帶著一絲無奈與憂鬱之眼神。直到數年前，無意間在高原上聽到小男孩已經走了，聽說是因為草場糾紛而喪命，而地點就在我們曾經駐足過的曲登白塔附近。

那年，我又夢到小男孩，倒立著跟我說：「我在桌下，你來找我呀！」我循著聲音找著了他，依舊是那雙看似快樂卻落寞的眼睛。我的眉角幾乎碰到他的臉頰，濕濕的、熱熱的……。我觸摸著那濕熱的感覺，發現我眼眶旁枕頭上都已經被淚水浸濕了。

我們那一班

那年因緣際會到陽明大學從事醫學研究與教學。從台北榮總走上陽明大學有一條必經的隧道。隧道前的斜坡大約六十度，一步一步地爬上去，雖然短短的距離卻走起來總是讓人氣喘吁吁的。在豔陽高照炎熱的夏季，白色長袍下汗如雨滴濕了整件上衣，終於到了隧道口停下來喘口氣的時候，清涼的微風由隧道彼端迎面而來，加上滿山遍野唧唧蟬聲，讓人覺得通體舒暢神清氣爽。由隧道這邊望去，長長拱形的黑色隧道襯托兩側暈黃的牆壁，一道道黑邊同心圓向另一頭漸行漸遠地放射過去。遠遠的藍白光在隧道彼端出現形成一道光環。有人說：「人在臨終的時候，會經歷很多場景，例如一道長廊、一條隧道，暗黑的地方……。不管哪一種說法，唯一認同的就是遠處的盡頭會出現一道白光。」當然，因為沒有人真正經歷過這段旅程又平安無事地回來，所以這種說法的真實性並無可考。每次經過榮陽隧道時，總是會在隧道口沉思這個沒有答案的問題。

剛出加護病房到普通病房後，以前帶過的學生都一一來探視。其實在加護病房的時候他們都已經來過，只是那時候有氣管插管無法出聲，老實說，自己也都不記得在加護病房發生過甚麼事。據說這就是「加護病房症候群」，因為顧名思義「加護」就是「多加照護」的意思，所以固定時間會量血壓、量體重、抽靜脈血、抽動脈血、翻身、擦身等等。加護病房不關燈的，只有白天沒有夜晚，所以昏迷的病人沒醒，醒的病人不能睡，造成病人的不安與幻覺情況，比比皆是。

「老大，醒來了，真替你開心。」

「老大，你還好嗎？有沒有不舒服？」

「老大你還沒醒的時候，我們都擔心死了，不知道要怎麼辦？」

「老大，有甚麼事情需要我們幫忙嗎？」

溫馨的問候聲，在普通病房的床邊此起彼落。斜坐床榻的我看著既熟悉又陌生一張張的臉龐，發出沙啞無法辨認的聲音，只好不斷地點頭回應他們的嘘寒問暖。

「老大，快醒前有沒有看到一道光？還是有經歷甚麼場景？」

「對對對，有沒有看到你過去的人生，像『跑馬燈』一樣飛快地轉了一回？」

「是呀！就像我們去唱歌，唱五月天的〈乾杯〉一樣，你的人生快速地倒回過去一樣？」

「會不會 有一天 時間真的能倒退
退回 你的我的 回不去的 悠悠的歲月
也許會 有一天 世界真的有終點
也要和你舉起回憶釀的甜
和你再乾一杯……」

〈乾杯〉的歌詞是這樣寫的，MV用跑馬燈的方式，將人生從老到年輕的歲月倒了回去來表達出來。

面對著不同時期男男女女學生的來訪，腦海裡過去的種種記憶一點一滴地被串成「我們這一班」的跑馬燈。

「麟」是中醫師，「堯」、「愷」跟「豪」是西醫師。四人都是自動自發地做研究，經常在週末跟週日來做實驗，算是學生中比較早期且比較不令人擔心的一族。跟他們的互動與其說是「師生」關係到不如說是「好友」關係來的適切，當然對往後日子的尾牙或是聚餐都是最大的贊助來源。

「秀」是女中醫師，學佛，獅子座。

「我早上要修禪，不能來實驗室，若你可以的話，我就請你當指導老師。」

「老大，實驗室沒耗材了，要趕快買唷。」

大辣辣地直言不諱，強勢地讓人沒有還口的餘地。

「霜」是台大畢業，獅子座。綁著馬尾有著爽朗笑聲感覺上是無憂無慮的小女孩，跟「秀」是前後期的學姐學妹。獅子座執行力很高，但是有時候會粗枝大葉忽略細節問題。有一次，要「霜」重複「秀」做過的實驗一直做不出來。雖然換了很多方法與試劑還是失敗收場。最後，請「霜」跟「秀」同時同地用同樣的試劑做一次。結果，「秀」做出來了，「霜」還是失敗。這件事一直讓她耿耿於懷許久。不過因為有了這兩個獅子座擋在辦公室門口，許多閒雜人士都不得其門而入，對我來說也算是福祉一件。

「第一，你的太陽星座是甚麼？」

「第二，你的月亮星座是甚麼？」

「第三，下週一早上十點要開會，請問你會做哪些事情？」

「老大，你記得你在招學生跟助理的時候，都會問這三個問題？你記得嗎？」

「對對對，我們來應徵的時候也是被問這些問題。」

「玉」是射手女，最早收進來的助理，最主要的原因是她第三個問題寫得很好。說也奇怪，後來的幾位助理或學生都是火象，例如「萍」、「晴」、「寧」是射手座；或是風象，例如「明」是雙子座、「橘」是天秤座、「刀」是水瓶座。

「可是我是魔羯的，為什麼我不像土象的？」「蛋」這麼說。

「對呀，我是天蠍的，怎麼覺得不像？」「韻」附和著。

「老大說你的月亮在雙子，亞洲女孩子月亮的影響比太陽大，可是我也不知道老大在說甚麼？」「晴」依樣畫葫蘆說。

這些外向的星座匯聚在一起，果真讓實驗室很有活力。因為外向也很有能力做起事來有事半功倍之效。經常在工作之餘聚在一起聊天打屁，尤其是「霜」的爽朗無憂的笑聲可以在幾間實驗室外都可以聽到。

「喂！妳們這些人可以小聲一點嗎？都吵到我們上課了。」在實驗室對面的教室上課的老師，終於忍不住地跑來實驗室破口大罵。一群窩在液態氮桶上面聊天的小朋友們嚇得一哄而散。

「韻」比較晚進實驗室，但是因為較有經驗（不能說年齡），所以常常帶著這群小朋友吃喝玩樂，甚至到了聖誕前夕，大家會一起玩「小天使與小主人」的遊戲或是交換禮物，還在溫度七度的冬夜一起去市政府跨年。因為那時候剛好《超級星光大道》的歌唱比賽引起很大的迴響，所以又會玩又會做實驗的這群小朋友稱之「星光一班」，其中以「萍」跟「霜」最具有歌星的架式。也因為要有參與感跟負擔玩樂經費，所以星光一班經常約我一起去，「老大」稱呼就是這樣來的。

「老大，一起去好樂迪唱歌囉，我們先去，你忙完再來。」「玉」一邊收拾東西一邊說。

「好喔，不過你們實驗要做完才可以。」

「當然囉，我們都安排好了實驗才會離開。」話音還沒說完，「霜」、「晴」、「玉」、「韻」、「寧」、「萍」早已消失在走道的側門了。

實驗工作之餘，能夠在KTV裡面大吼大叫，放肆地喧譁，是星光一班的樂趣。

「老大，你的歌，周杰倫的〈擱淺〉、陳奕迅的〈十年〉、信樂團的〈活該〉、五月天的〈OAOA〉、還有〈狂風裡擁抱〉都已經點囉！」「韻」嗨嗨地說。

「你實驗的結果怎麼怪怪的？跟上次做的不一樣？」

「你怎麼知道這條band是對的？有沒有放positive control？」

在昏暗的燈光下，吃著炸雞、薯條、滷味、水餃、牛肉麵，聽著「韻」快要走音的時候，「萍」趕快來救援的美妙歌聲，自己卻跟「霜」和「蛋」在咪挺（meeting）討論實驗結果，這畫面實在很跳tone。可是說真的，每一次唱完歌後的那禮拜實驗的成果反而是最豐富的。

「走囉，掰掰，明天見。」

「掰，小心唷！」

「『萍』，等我一下，我去住你那裡。」「晴」氣喘吁吁地跟上來。

「老大，要不要再回去唱？」

「學長，陪我，我們再唱一小時，ＯＫ？」「韻」拉著「橘」要賴著說。

「太晚了，『韻』開始說英文的時候就已經茫了，可以回家了。妳男友不是快到了嗎？我們在這裡等他。」「晴」拉著「韻」的手，示意大家趕快離開「韻」的視線，免得她又反悔。

「『韻』，坐好喔，回家好好休息。」「晴」跟「霜」把「韻」摻好在他男友的摩托車的後座。

「噗噗噗噗」的摩托車加速聲在大夥的身後響起，正當有一種如釋重負之感的時候——「老大，要不要再回去唱一小時？」

猛然聽到那熟悉的聲音，回頭一看，「韻」已經站在剛剛上摩托車的地方，而摩托車已經不見蹤影了……。

一年後的早上——

「老大，老大，你可以說電話嗎？」我接起電話，那頭是「明」的聲音。

「怎麼啦？又有甚麼事？」

「老大，我右腳受傷，可不可以請你看一下？」「明」虛弱地說。

「傷口已經處理了，那應該還好，可是已經三天傷口還是疼痛，而且還有發燒，那應該要住院看是否要做清創手術？」問清了狀況，趕緊約「明」隔天住院觀察治療。

「明」是雙子男，很聰明。在研究所入學甄試的時候，竟然一開口就問：「May I present in English ?」可是也是因為小聰明，在他畢業後考後醫第一年，英文考題要求二百五十到三百字的英文作文，他卻自作聰明寫了五百字被扣分差零點幾分而落榜，第二年才乖乖地寫而上榜成為醫學生。

「明」除了小聰明外對女孩子也很貼心，所以在研究所那段時間有很多曖昧對象。經過星光一班的追蹤，發現他的情史有點像《金粉世家》A男，A女，B男，B女等的糾結情愛。

「老大，你是雙子，我也是雙子的，所以我們應該很像。」「明」經常為了解釋而拉我下水。

「誰跟你很像，你太陽雙子，月亮射手；我太陽雖然雙子，可是月亮是處女。兩人完全不一樣。」

「每個星座都有穩定跟不穩定的，決定在月亮跟星盤。你的星盤屬於不穩定的，而我的屬於穩定的。所以不要每次都拉我下水。」我抗議著。

「對呀，你每次都說老大喜歡喝黑咖啡，說因為那是『成熟男人的味道』，可是老大都叫我留下糖包要加咖啡用的。」「玉」跳出調侃地說。

還好有「玉」的幫忙，除了工作能力好以外也讓我省下很多無謂的解釋時間。

那一晚，夜黑風高，大雨傾盆，湍急的雨水如洩洪般地傾倒於大水溝和低窪地區。

「妳瘋啦，現在是半夜耶，風雨又那麼大，妳怎麼去？況且他有家人照顧，妳現在去有甚麼用？」剛從KTV嗨完後疲累地回到家的一群閨密，聯手抓著剛接到「明」電話時急著衝出門的女孩，不讓她沒頭沒腦不計後果地衝進還下著大雨的暗夜之中。

豪雨過後的台北清晨，有一股清新舒暢的感覺，不只是因為有陣陣微風及和煦陽光，還有剛替「明」開完刀後知道病情穩定沒有發燒傷口也有進步的小小喜悅。

「怎麼了？那晚不是唱完歌就要回家，怎麼還會跌到水溝被割傷腳了呢？」

「而且還是臭水溝？」我滿臉狐疑地問著床邊腳墊得高高的「明」。

「沒有啦，只是騎車騎到一半要拿出手機打電話，結果雨很大手很滑，不小心手機掉到水溝裡，趕快跳下去撿，結果就……你知道的！」「明」支支吾吾地回答。

「可是，還是很奇怪，跳下去撿應該很快呀，怎麼會被玻璃扎得那麼深？而且還是臭水溝？」

「ㄟ，嗯……是醬子的，因為那天買了新球鞋，怕鞋子沾到臭水溝的水會髒掉，所以就……脫掉球鞋光腳跳下去撿的……」「明」還是那蠻不在乎的口吻回答我。

「『明』的太陽在雙子，月亮在射手，太陽星座是在眾人之下主導自己的星座，但是月亮星座是一個人獨處的時候影響自己的星座。射手座就像一個小孩子，會脫口而出說：『那個國王沒有穿衣服！』的星座。」事隔多年，這件事情還是學弟妹一起茶餘飯後聊八卦的經典故事。

「咪挺囉！」

咪挺時間大概是學生既緊張又開心的時候。一方面要報告上禮拜的實驗結果，如果沒有結果會被盯得很慘；一方面又會得到自己想不到的判讀與解釋而開心。學生助理多的時候，會將會議室的橢圓形桌子繞成兩三圈，遲到的人總是偷偷摸摸地插進來，生怕被老大看到。

「『如』，妳的結果很好呀，要趕快寫文章投稿囉。」

「『梅』，妳這個結果要用表來表達，另一個用圖來顯示即可。」

「『霜』，妳要加油囉，目前都還沒有完整的成果，還不能寫文章，醬子明年無法畢業唷。」

一個個報告，一輪輪討論，一年接著一年。

「老大，這是你的咖啡，半包糖。」每回咪挺前「玉」將咖啡端進來。

「對呀，老大非常需要，因為聽我們咪挺會累死的。」「梅」接著說。

「對了，我昨天夢到妳的實驗可以加上這個設計。」我趕快地告訴「如」以免忘掉。

一天清晨，朦朧中，彷彿我站在辦公室門口望著挑高的兩片黑色窗簾的窗戶，完全看不到裡面。突然間，在那兩片垂落的窗簾間，微微地透出光來，漸漸地越來越亮……。夢醒後的那一天，我收到國外寄來「梅」文章的接受函。我趕快跟她聯絡說：「我夢見窗簾透出來的陽光，那是一個sign，結果妳的文章就被接受了，妳可以畢業了。」

那一年除了星光一班的碩士要畢業，三個博士「如」、「梅」、「霜」都一起畢業。畢業典禮上我撥完她們博士帽的穗後，三個人竟不約而同地在臺上抱住我，把醫學院院長晾在一邊等著拍合照，臺下的師生都笑成一團，還問說：「這老師是誰？怎麼學生跟他那麼好？」那一年畢業典禮應該是我最風光的時候，所有在夢中替學生設計實驗、擔心文章寫好了嗎、能否被接受的巨大壓力，都在那一剎那，幻化成功成名就的淚水與喜悅。

春去秋來，四季更迭，人來人往，人去樓空，學生永遠是被追著畢業的。雖然踉踉蹌蹌，終究是離開學校進入人生另一個階段。

剛從火象風象熱熱鬧鬧的星光一班跳脫出來，想說找些比較土象或水象的學生，看看是否能讓實驗室不再那麼吵鬧，以免被其他老師們投訴。

「你們有沒有甚麼問題？」……一陣靜默。

「沒有問題？」……還是一陣靜默。

「伯」是西醫師，金牛男，話不多。起動較慢，但是一旦啟動後就能夠像牛一樣任勞任怨地執行任務。

「『伯』，你看，大鼠後腳受傷後就會拖著走，就像我這樣，你看！你看！」我拽著右腿一跛一跛地往前走，告訴「伯」說可以測量我行走的距離。

「有問題再找我，下週看一下要報告的內容喔！」……還是無聲。

「老大，下週的會議都已經準備好了，有甚麼需要你再跟我說一下。」

「星」在要離開的時候終於說了一句話。「星」是處女男，也是因為面試必問三個問題回答地令人滿意而接任「玉」的工作。

當「星」和「伯」各自離開回到自己的工作崗位時，辦公室只剩下「嵐」和「均」。「嵐」是處女女，月亮天蠍。處女座是非常ㄍㄧㄥ的星座，加上月亮天蠍，若不是很熟很熟很熟（說三次表示很重要）是不會深談的。「均」是古靈精怪水瓶女。若我不在的時候，我相信她們兩個都可以讓辦公室不出一點聲音，安靜地好像她們不存在似的。

「老大，處女座真的很ㄍㄧㄥ嗎？」

「老大，我怎麼不覺得我像水瓶座？」

「處女座是規劃很好的星座，讓人感覺到很ㄍㄧㄥ，其實一旦熟了之後，話匣子就停不下來……」

「水瓶座雖然是風象星座，但是有土象魔羯的特性，有很強烈的自主性，不能催她實驗結果的，時間到的時候她自然會給你結果。感情上面若能通過她個性的瓶口，往後就是海闊天空了。」

就這樣混了接近快一年的時間，實驗室好像才開始有她們兩人的存在的感覺。

送舊迎新永遠是新學期開始的戲碼。在星光一班的調教下，這些新生很快地進入狀況，對好樂迪的環境簡直瞭如指掌。

「老大，我媽媽問說：『你是到學校念書做研究的？還是去吃喝玩樂的？哪有一兩個禮拜就唱一次歌的？』」「均」很有唱歌的天賦，據說還是參加正式比賽過的選手，只不過她常常唱到令人陶醉的時候會笑場……。

「對呀，我們大學都沒玩過，只好在研究所好好玩一下囉，而且老大說過：『實驗做得越凶就可以玩得越凶。』」畢業於台大的「霜」接得剛剛好。

之後幾年，很多學生打聽到星光班的實驗室氣氛很好，都跟學長學姐們打聽主動要求來找指導老師。「喬」，處女男、「方」，牡羊女、「恩」，獅子男、「晨」，獅子男，組成了星光二班的主力。

咪挺之後的會議室響起了當年很夯的范逸臣跟田中千繪主演《海角七號》電影主題曲〈無樂不作〉的音樂……。

「享受今夏天的熱 穿越條幸福的河
想做吞大象的蛇 不自量力說真的
有何不可 我想寫歌

當天是空的 地是乾的
我要為你 倒進狂熱
讓你瘋狂 讓你渴
讓全世界知道 你是我的……」

「『喬』，開場的訐譙由你開始，接著唱第一句享受今夏天的熱。」

「『方』，你拿電腦鍵盤當 keyboard player，唱穿越條幸福的河。」

「『恩』，你拿掃把當吉他手，唱想做吞大象的蛇。」

「『晨』，你把臉盆放在液態氮桶上，用筷子敲臉盆當鼓手，唱不自量力說真的。」

「有何不可我想寫歌的時候，大家合唱。」

「老大，你又當導演了嗎？會不會太厲害了？又是西醫、又是中醫，左講星座、右當導演。」「霜」的爽朗笑聲在耳邊響起。

「對了，『霜』，年底尾牙那天你要當燈光手，用手電筒。一開始燈光會暗下來，他們每個人唱他們那句話的時候，妳就用手電筒照他們的臉，像 spotlight 一樣。」

那年的尾牙，星光一班扮演了《王寶釧苦守寒窯十八年》的 cosplay 戲碼。

「十八年古井無波，為從來烈婦貞媛，別開生面；

千餘歲寒窯向日，看此處曲江流水，想見冰心。」

「韻」扮王寶釧，「霜」扮薛仁貴，「蛋」扮西涼代戰公主，最後演出頗成功的山寨版古典戲劇。星光二班也成就了年輕人不怕艱難勇往直前的樂團美夢。其他人也體驗了走在伸展台（Runway）時眾人羨慕的眼光。當然還有第一特獎的 iPad mini 跟第二特獎的連號一百張新的百元大鈔等抽獎活動。那年三個建中暑期生也都抽到很好的獎，而萬元連號新鈔被「方」抽中拿回去當「錢母」，驗證了「研究做得越凶，玩得也越凶」的小邱邱家傳聞。後來這三個建中生也因為耳濡目染的考進醫學系與藥學系呢。

會跳的咖啡

「答答答，答答答」的鍵盤聲響起。

「老大說今天咪挺改去『會跳的咖啡』喔！」螢幕上MSN出現了訊息。

「會跳的咖啡？是甚麼？」正當大夥聚在一起準備咪挺的時候，「方」問著大家。「方」是牡羊女，非常具有執行力，但是經常會衝過頭，需要幫忙收爛攤子或是不斷地提醒。

「『方』，妳的實驗結果怎麼沒有放negative control，也就是加麻藥那一組？」

「啊，我還沒做，我想老鼠來了就一整批全部做電針的實驗，等以後做完後再補囉。不過我已經收完結果了，沒關係應該下週就會出來。」「方」回答著。

「可是我還是覺得要先做對照組，免得到後來發現是麻藥的作用就慘了。」我緊張地回答。

一週後——

「老大，我完了，所有的結果都跟痲藥有關係，怎麼辦？怎麼辦？」「方」失望地望著我。那時候已經是碩士第二年的暑假快結束的時候，隔年就要畢業了，所有的壓力又回到我身上。

「沒關係，我們重新設計實驗，但是要在一兩個月內衝新的結果，可能妳要辛苦一點，設計好我們一起做實驗囉。」我表面鎮定地對她說，可是心裡卻有著極度不安的感覺，心想：「果然是牡羊座的。」

「會跳的咖啡是甚麼？」「方」跟「嵐」問著。

幾年後，我才在已經畢業「寧」的實驗紀錄本中，發現一張小紙條，上面仔仔細細工工整整地寫著：「今天下午兩點咪挺改在『會跳的咖啡』（天母附近的琉璃工房）。」

「會跳的咖啡」步驟如下：

1. 未加糖未加奶的熱咖啡一杯
2. 加入一茶匙糖，輕輕順時鐘攪拌一分鐘
3. 用小湯匙在咖啡杯中間輕輕地來回畫一道（線）
4. 仔細觀察咖啡沒有流動
5. 加入一茶匙的奶（一定要「戀」的），老大說不能用煉乳，要沿著杯沿緩慢倒入杯子的上層，不可混入咖啡裡
6. 等完全靜止
7. 緩慢加入一茶匙店中附上淡咖啡色的液體
8. 就可以看到白色的奶，在杯子裡跳躍，一高一低，此起彼落
9. 完成

看完「寧」的筆記，發現她是一個很適合做實驗的學生，能把喝下午茶浪漫的感覺寫成像完成一項美麗的實驗。「寧」是射手女，果然她在德國完

成了她的博士學位。

若說在「會跳的咖啡」咪挺是星光一班跟星光二班的共同回憶，那麼「哈根達斯」就是星光二班跟星光三班最喜歡去的咪挺場所。

時光隧道進入手機盛行韓流取代哈日的九〇年代。那時候進來的學生不像星光一班的時代，進到實驗室都是聽ＩＣＲＴ，說是畢業後要到國外繼續進修。繼續念博士班或是國外進修不是九〇後學生的首要選擇。

「扣——扣——扣——」鞋跟聲音在會議室外的長廊響起。

「老師好，我是今年碩士甄試的學生，我叫〇〇〇。」從會議室望向門口的時候，看到一位身高約一六八的女孩，穿著時髦，蹬著高跟鞋走進來，發給我們她的甄試資料。幾位在場的老師個個都面面相覷露出不可置信的眼神。望著她一邊報告一邊用手指著螢幕，在幻燈機燈光襯托下，她手指上的水晶指甲顯得晶瑩剔透閃閃發亮。

「謝謝妳的報告，我只有一個問題，請問妳做實驗的時候，妳這身裝扮跟指甲可以做實驗嗎？」一位老師在她報告完之後提出了這麼一個問題。

雖然這個學生沒有通過甄試，可是那時期進來的助理或學生可說是很會打理自己顏面的。女孩子會互相傳授化妝保養的祕訣，男孩子開始使用面膜重視自己的膚質。星光三班儼然成為韓流練習生的訓練基地，成員有「宅」，巨蟹男；「花」，獅子女；「芸」，巨蟹女；「珊」，處女女；「晴」，水瓶女；「修」，獅子女；「安」，水瓶女。還有來自泰國的外籍生「Amp」，金牛女；及其他實驗室轉過來的「亮」，魔羯女。怪不得其他實驗室的老師或學生都會私底下說：「怎麼那個實驗室都是俊男美女呢？」

「『宅』，你在笑甚麼？」「花」是獅子座的，有甚麼講甚麼。

「沒有呀？我哪有笑？」「宅」一邊說著一邊盯著「星」嘴角露出詭異的笑意。

「我甚麼都沒說。」接著「星」跟「宅」兩人就互相拍來拍去笑成一團，也不知道在笑甚麼？

「對了，『星』，怎麼有人在臉書tag你，你說：『你是傳醫所最帥的！』」在咪挺結束後大家都還在會議室的時候「花」糗著「星」說。

「哪有？怎麼可能？最帥的不是『宅』嗎？」「星」急著撇清。

「怎麼是我？不是我啦！不是我……」「宅」幾乎趴在會議桌上無力地反擊。

不知曾幾何時，「星」說他是傳醫所最帥的成為「花」和「芸」見到「星」時最常說的一句話。

青春

「少年不識愁滋味，愛上層樓。愛上層樓，為賦新詞強說愁。」辛棄疾〈醜奴兒・書博山道中壁〉道盡了多少年少青春情懷。

陽明的春天
特別地美
斜坡上的櫻花
早已悄悄地綻放
細雨芳菲行人少
但見儷影又成雙

春天帶來了滿山的綠意盎然，也捎來了思春少女的青春氣息。週一的辦公室突然出現了不曾有過的海芋，翠綠色的葉子配上有著淡黃花蕊的純潔白花，幾枝高低不等的插在辦公室窗邊的小花瓶上，增添了許多浪漫的情懷。

「哇！好久沒有上陽明山看海芋了……」

很少說話的「嵐」突然很興奮地走進來說著：「老大，你覺得好看嗎？」

正當要回答的時候，「星」也進來。

「老大，有甚麼事要交代嗎？」

突然覺得我是不是太早來了？

那週咪挺的時候，正當討論到大家很累很睏的時候：「老大，你覺得身為男孩子應該要具備甚麼能力？」出聲音的是「均」。

突然之間大家都醒了。

「甚麼意思？你想戀愛了嗎？」我猜「均」應該快有男朋友了。

「沒有啦，只是想知道你們男孩子應該要有的技能！」

「其實，我覺得對女孩子來說，男孩子一定要有肩膀。」

「肩膀？」「均」指指她自己的肩膀。

「不是這種肩膀，而是要有 Guts，能讓女孩子依靠的肩膀，也就是凡事有負責任的態度，讓女孩子能安心放心的。」

我接著說：「男孩子一生一定要學會的四種技能。第一照相，第二開車，第三音樂，第四游泳。」

「為什麼是這四種呢？其他不行嗎？」

「因為照相是在瞬間抓住美好的影像。而不像錄影好的壞的影像都記錄下來。這會讓人學到看見世界好的一面，也讓人學會看到別人的優點。」

「至於開車嘛，因為開車遇到的狀況很多，必須做正確的抉擇。例如，快要黃燈了，要不要闖過去，必須在很短的時間做決定，決定慢了就可能造成闖紅燈的結果而出事。而我們人生就是一連串的抉擇，所以要有決斷的能力才行。一但決定了就不要後悔，大部分的人都是猶豫不決，決定之後又後悔，那不是浪費人生嗎？」

「音樂是有節奏的，就像人生一樣。我們一生不可能一直都在高峰，也不會一直在低潮。所以認清這種人生的 tempo，在低潮的時候，ㄍㄧㄥ過去之後就會否極泰來囉！」

「所以老大才會帶我們去唱歌的吧，哈哈！」「均」笑著說：「那為什麼要會游泳呢？」

「因為游泳要體力呀！沒有體力什麼事都做不來吧？若有了體力那麼很多事情做起來都輕鬆寫意囉！」

「怪不得！怪不得學長姐都說老大做起事來都游刃有餘呢！」

「老大，隔壁實驗室的學妹說聽說妳們老大對於星座很了解，可不可以幫她批一下命盤？她現在正面臨抉擇要選哪一個男的朋友當男友？」突然之間，不知誰突然冒出這句話。

「對對對，老大，你上次提到女孩子戀愛要看金星跟火星是甚麼意思？上次還沒說完呢！」

「對呀，那男孩子的金星是看甚麼？」

此起彼落的喧譁好像比咪挺報告還興奮似的。

「其實人從生下來的那一剎那就受到太陽星座和月亮星座的影響。隨著歲月的增長，年輕男女開始要交往的時候受到金星跟火星的影響就比較大……」

「火星？是不是那些火星文 *#@%(&) 的火星？」有人大聲笑著說。

「不要吵，你很煩耶，讓老大說。」

「女孩子的金星就是看她在戀愛的時候想表現出來的樣子。」

「不懂！甚麼意思？」

「例如她的金星是天秤座，就是這女孩子讓人家感覺的樣子是很優雅的。一般來說，每個星座都有一個很好跟很壞的評語，例如天秤座好聽的就是男的是俊男，女的是美女；難聽的就是有抉擇障礙，對每個女孩子都很好也都想要。」

「ㄟˊ，這裡有誰是天秤的？美女唷！」

「不要吵，讓老大講完。」

「所以當金星是天秤的女孩，快要跌倒的時候，都還要想一下怎麼樣跌倒的樣子最優雅，然後才會跌下去的。」

「喔，是不是醬子？」「方」比了一個跌下去的姿勢倒向「霜」的懷裡。

大家都笑成一團。

「還有呢？那如果她的火星是射手，是甚麼意思？」

「女孩子的火星就是她在戀愛的時候喜歡男孩子的整體感覺。例如她的火星是射手，表示她很喜歡外向能帶她出去玩的，因為射手很天真，她會被這種天真及外向的個性吸引的。如果她的火星是雙魚，雙魚座是最浪漫的，就是她一看到那男孩子的眼睛深情地跟她說我們上一輩子應該是看過對方吧？！這女孩子就完了。」

「不過，你們還是要對方的命盤拿來我才能幫你們批一下雙方看合不合適？是男的吃女的還是女的吃男的？」

「女的吃男的？是甚麼意思？」

「意思就是說射手男喜歡向外跑，如果你緊緊地抓住他，他越不理妳。如果妳是水象的像巨蟹，喜歡居家的感覺，那妳就吃不住他。」

「那射手男要怎麼應付？」「我的男朋友是射手的，怎麼辦？」

「簡單，不要抓著他，妳越抓他越遠。妳越不理他，他自然會回來的。」

「其實每個人的星盤代表著在人生當中不同時期的個性，說穿了都是代表著人性。例如說你有時侯有點懶惰不想上班只想放空一切，可是有時候又精神抖擻地想要拼命工作，對吧？我相信我跟每個人說你們會這樣子，幾乎百分之百都會說：『對耶，我好像會醬子唷！』」

「所以說了解自己的星盤是更了解自己為什麼會有這種想法跟這種行為囉。」我想解釋的應該很清楚但是應該沒有人會懂。

隔幾個禮拜的某一天下午，「寧」探著頭躡手躡腳地進來辦公室手上拿著幾張紙。「老大，……可不可以請你幫我批一下？」

「可以呀。……喲，怎麼那麼多張？」我仔細看了一下「寧」的命盤後，一張一張地對著她自己的命盤。

「嗯，這張是天秤的，跟妳可以一起玩，但是不適合結婚。」

「這張是雙魚的，雙魚的執行力不高。可能妳約他一起去市政府跨年，他一開始會答應，可是後來會跟妳說：『好冷唷！才七度耶，我們明年再去好了。』」

「嗯，這張是魔羯的。魔羯是蠻實際的星座，很踏實有他自己的 pacing，妳不能催他，要給他時間，他是越老命越好，妳看李登輝、鄧小平都是魔羯的唷。」

「喔，還有這張，整個命盤偏向一邊應該是不穩定的命盤，而妳每個方位都有是穩定的命盤，這個應該不適合戀愛與結婚。」

「所以呢，這個可以戀愛、這個要小心……至於這個嘛，越來越好，加上上升星座後，他應該是個很好的結婚對象……」我整理一下本來散亂的桌面，將戀愛到結婚的順序一一排出來並告訴「寧」的選擇策略。

後來射手座的「寧」畢業後到德國念博士班，而一直追她的男朋友「白」是射手座的，也跟著去德國念書。甚至「寧」喜歡到處旅行，一個人從德國自助旅行到埃及，而「白」也擔心她而追到埃及。但是在批「寧」命盤過程之中，「白」對我的解盤很不諒解認為因為我的解盤而讓「寧」拒絕他的追求。他哪裡知道我跟「寧」說的那一個現在不適合，但是越來越好可以結婚的那個人就是「白」呀。經過了十幾年的追求，「寧」跟「白」終於有情人終成眷屬，而對「白」個性的詮釋只有一句話：「不離不棄！」

當然，不是每個人都能夠像他們兩人一樣，最後終成眷屬。有時候終成眷屬後很快又離婚的比比皆是。或許，轟轟烈烈地曾經擁有，不在乎天長地久的感情，反而更有在午夜夢迴可以細細品味那分深藏心底的雋永情懷。

「老大，那你會看病人的星座嗎？」

「會呀！我會在電腦螢幕上看病人的生日屬於哪一個星座。」我回答著。

「例如我要告訴病人的乳房腫瘤切片病理報告是癌症，如果她是火象的，尤其是牡羊，就直接告訴她。但是如果她是水象的，尤其是雙魚的，可能會先在看報告前，先說明乳房這東西可能有問題，需要做進一步檢查，讓她先有心理準備，在下一次看報告的時候告訴她。用這種方法來告訴病人通常會得到出乎意料順利的結果喔！」

魔咒

秋天的一天早晨，淡黃光影斜斜地投射在辦公室外的小花園，幾隻蝴蝶翩翩起舞在未經整理雜草叢生的花圃，像是鍵盤上不斷跳動的音符。

「老大，有空嗎？」進來的是「喬」，像是未經世面的陽光男孩。

「可以呀，怎麼了？」

「嗯……我跟『葳』告白了！」「喬」羞赧地說著。

「怎麼可能？她是隔壁實驗室的博士班學姐耶！」我好像被嚇到。

「而且她感覺上是非常活躍，因為媽媽是電臺播音員，所以她耳濡目染地口條也非常好。應該有很多事情已經規劃好了……」我心裡嘀咕著。

隔天，我在走廊上大冰箱旁遇見了「葳」，有點悻悻然地問她：「聽說『喬』跟妳告白了，你答應了嗎？」

「他是初戀喔，你如果不是真的對他動心，請不要讓他有太高的期望。」

「我覺得他是一個好男孩，所以想試試看，我也不知道是否真的動心？」

「葳」回應我具敵意的問題。

那週的咪挺時間，實驗報告幾乎沒有人理會，嘰嘰喳喳地都是男女之間感情的話題。

「甚麼？你們怎麼會在這時候談戀愛？你們不知道老大實驗室的魔咒嗎？」「霜」提高了音調。

「甚麼魔咒？甚麼魔咒？我們怎麼都不知道？」「方」、「恩」跟「星」幾乎同時出聲。

「小邱邱家的魔咒就是以前大家出去玩的時候，會各自帶自己的男女朋友。如果被老大拍照到的那一對，最後都會分手。」

「從以前的『玉』、『萍』、『蛋』、『明』都是在老大這裡的時候分手的。」「霜」細數著過去的種種。

「而且只要在『寧』送給老大的那塊寫著『Willkommen bei Familie Chiu』木板後面一起簽過名的情侶最後也都分手了。」「霜」告訴大家是有證據的。

「哎喲，我現在有男朋友，我絕對不會分手的，我們愛得很。」「方」接著說：「我要破除這個魔咒。」

「星」坐在那裡沒有說話。

「沒有關係，我想試試看，就算有魔咒，我們應該能夠克服的。」「喬」很有信心地說。

那年的尾牙，「喬」在大家的起鬨下，隔著塑膠板獻出他人生中的初吻給了「葳」。

半年後的週五晚上，「喬」來的電話：「老大，能夠跟你談一下嗎？」

「喬」因為練過太極拳而且還是老師級的，所以聲音還是很宏亮但是感覺上有點疲累。我們約在信義區誠品地下一樓的金色三麥，那裡是man to man talk的最佳場所。以前「明」失戀的時候，也是約在這裡的呢！說也奇怪，為什麼man to man talk一定要喝點小酒？之前為了「恩」跟「宅」的私人問題或是「星」跟「正」哥兒們聊天也是到榮總旁邊的鵝肉店解決的。

「這幾個月還好嗎？」我起了頭。

「現在好多了，所以才能找你的。」「喬」還是那天真的笑容，但是感覺增加了些無奈與滄桑。

「你們怎麼分的？有原因嗎？」我嘗試著解開他的心鎖。

「她覺得她跟我在一起很有壓力，因為才一兩個月我們出去的時候我就說我們分別存錢當作以後結婚的共同基金。」「喬」苦笑著。

「我的媽呀！你怎麼這麼無趣呀！」我心想著「喬」果然是處女座的，凡事都事先規劃，連感情的事情也方方正正地按表操課。

「那你們怎麼分手的？有見面談嗎？」

「沒有，她傳訊息來說先減少見面。」「喬」接著說：「我跟她約隔一天週六下午兩點見面談一下。」

「她有去嗎？你有跟她確定嗎？」

「沒有，可是我想她一定會來的所以沒有確定。」「喬」急著解釋。

「她怎麼可能會去，傻孩子！」我心裡咒罵這個小瓜呆。

「可是我就是覺得她應該會來，起碼要見面才分手吧！」「喬」幫著「葳」。

「後來呢？她有來嗎？」我大概知道結果了。

「我等她從兩點等到四點，一直希望她會來，結果她沒來。」「喬」失望地望著我。

「然後——」

「我就一個人去唱 KTV，唱了八個鐘頭。」「喬」大聲地說。

「大約幾個月你才開始可以做實驗？」我好奇地問，因為從過去星光一班的經驗，失戀的人恢復到可以開始工作大概快的話要六個月。

「我就天天練太極，盡量不去想她，最近有好一點，所以就來找你了。」

「喬」比著太極手勢。

那天我們談了四個鐘頭。

後來有一天唱歌的時候，唱到「喬」點的李聖傑的〈你們要快樂〉：

「妳哭著拿下銀手鍊還我的時候
最近妳躲我有了理由
別說我的愛讓你慚愧不配擁有
珍惜不就是溫柔……」

「喬」告訴我說他跟「葳」分手的那一天，去KTV唱八小時，他一直點這首歌，只不過他一直高喊著：「我不要妳們快樂！」……我知道「喬」已經走出來了。

後來「霜」告訴我她在臉書看到「葳」po 出她跟初戀男友在年初情人節在花博展覽場的照片，一副很親暱的樣子。算算日子剛好跟「喬」分手的時間很接近。怪不得有人說：「初戀的戀人跟前任男友或女友是全世界上最危險的生物。」

春天——
二月十四日
有的人告白
有的人分手
果然春天是適合戀愛的時節

這魔咒不只是在星光一班發揮它巨大的影響力，在星光二班「嵐」、「喬」、「星」、甚至「方」也無法抵擋魔咒的利爪。「方」在她畢業後不久就跟她所說：「不會的，我會破除魔咒，我們很愛的。」的男朋友分手了。

星光三班當然也不例外。

「秋風秋雨愁煞人，寒宵獨坐心如搗。」清代詩人陶澹人的〈秋暮遣懷〉，道盡了多少秋有悲涼肅殺之無奈。

那天是耶誕後農曆春節前。

「老大，我可不可以現在就回高雄？我好累想休息久一點！」「花」無精打采地問。

「花」最近一個月的表現，從過去的經驗我猜她應該快來找我了。

「好喔，你回去好好沉澱一下，看要怎麼解決，實驗的問題等你平靜下來後，我們再考慮。若不行可以先休學一學期看看囉！」我望著「花」的臉龐，美美韓式的妝容有著韓劇女主角的落寞。這無力的落寞似乎在KTV裡、金色三麥、咪挺之後的「儒」、「珊」、「芸」、「Amp」和「安」的眼神裡看到過。縱使「韻」和「晴」有幸逃過，魔咒似乎肆無忌憚地在小邱邱家施展無邊的魔力。

「你有沒有想過魔咒的存在是因為什麼？有方法破除魔咒嗎？」好強又練過拳擊的獅子女「修」說著，好像要幫忙破除魔咒似的。

「其實我有想過這個問題。」

「來唸研究所都是大學剛畢業，在大學時代一定會有戀愛而且穩定的對象。進了研究所後幾個月要報專題報告了，大多是接近年底，這幾個月又修課又做實驗的一定很忙很累，跟情侶之間的相處時間減少溝通也減少，所以摩擦就會增加。加上研究所的學生都是二十幾歲的男孩女孩，也都是適婚年齡，男女朋友之間的異性朋友也是有可能互相吸引造成雙方感情的危機。」

「只是在我們這裡，來學校就跟大學時代一樣，又是唱歌又是聚餐，實驗室的夥伴都跟閨密好友一樣，自然對各自的男女朋友有疏忽溝通的可能。」我解釋著魔咒存在的可能性。

「在我們這裡所發生的事情，對你們來說都是一生必經的過程。曖昧、告白、戀愛、失戀，浪漫的、不浪漫的，在犯錯當中成長都是青春時期的一部分。我的角色就是看著你們、盯著你們、陪著你們一起成長。」我想起了「明」跟「喬」。

「在你們分手之後的一段時間，你會發現應該要謝謝對方讓你成長，讓你有勇氣和智慧面對未來的每一天。」

「哇！老大你好累喔，要咪挺看我們的實驗，要寫計畫，還要看門診開刀，三不五時還要做心理輔導師，輔導這些受困於魔咒的學弟妹。」「修」恍然大悟說著。

「還有喔，老大還收其他實驗室在碩一後才要轉到我們實驗室的學生，那不是更累嗎？」

「老大之前有收過嗎？」「芸」好奇地問。

「有呀！」我知道她說的是「亮」。

「以前有收過『萍』、『葦』、『琦』、還有其他的學生。」

「學期中間來的，那不是從頭開始，你帶起來不是會很累？」「芸」問。

「一定會的，所以我一定要跟她們說好：『你們一定要更努力，而且我不一定能讓你們跟她們同年暑假一起畢業，甚至有可能要延畢，你們可以接受嗎？但是我一定盡量想辦法讓你們不用延畢的。』」我解釋著。

「通常這種學生來找你，就是他已經沒辦法在原來實驗室待著，一定有他的理由。當學生不得已伸出手來，就是希望我能拉他一把，若我們有能力就一定要拉他一下，不一定會成功，但是在那當下就是幫他最大的助力了。」

後來「花」又回來做實驗也順利畢業。重要的是她破除了小邱邱家魔咒，她跟原男友正式結婚了。我說嘛：「獅子女是不容許沒面子的。」當然我也聽「花」說過：「獅子女在感情方面是小女人的。」

而「亮」也跟其他同學在同一年的畢業典禮風風光光地畢業了。

曲終人散

說真的，哪一個學生不是在校園裡感情上撞得頭破血流學業上踉踉蹌蹌地畢業？

每年鳳凰花開就是悲喜交加的季節，驪歌聲中送走了在學業與就業之間掙扎的莘莘學子。就在大夥忙著修改論文準備離校之際，卻又假裝有實驗要補混在實驗室或窩在辦公室的沙發不捨離去……。

「快，快，走囉，去好樂迪送舊囉，老大每年都有準備影片給畢業生唷。」「霜」提醒著大家。

好樂迪包廂裡響起了沒有血緣關係「姊妹淘」最常點的錦繡二重唱的〈明天也要作伴〉：

「哪天你想要閃電結婚 請先幫我找一個好男人
別一個人去幸福不理人
哪天你不小心就變成女強人 別忘了是我勸你要認真
無論再忙 都要陪我聊聊心聲
我永遠記得今晚
我們回憶往事夢想未來 感動聊不完……」

「回憶往事，夢想未來」是多麼好的情境，在辦公室那一張小小沙發床不知躺過多少做實驗累到不行躺下秒睡的學長學姐，不知擠過多少咪挺一起被盯的患難之交，從夜幕低垂到黎明升起，從青澀學弟到學長學姐，從曖昧到分手，這張小小沙發床看盡了多少青春年華？！

影片在楊培安〈風中的羽翼〉的音樂中開啟：

「叮噹（前奏）……
黑夜過後太陽就要升起
暴風雨過後也就會天晴
讓我們一起手牽手向前
彩虹就在我們心底」

幾道淡黃光影斜斜地投射在辦公室外的小花園，不同時間同一地點的拍攝手法，讓影片像縮時攝影一樣，光影漸漸強烈又慢慢變暗……

音樂持續著：

「人生路一定有風也有雨
用淚水灌溉生命的勇氣
用希望化作風中的羽翼

讓夢帶走心中的憂鬱
你陪伴我穿越過高山和大海
我的心有你才會澎湃
我願意放棄所有堅持和驕傲
相信你因為相信愛……」

影片的字幕徐徐出現：
「每個人
心中都有夢想
這裡是夢想實現的地方
看著學姐完成她的夢想
心中有些許的喜悅，希望，和徬徨
懵懵懂懂地分享尾牙的歡樂
每個人心中都有一個家
家是你成長的地方

時間是無止盡的河流
在這裡
留下了短暫的片段
二〇〇七年的歡笑憂傷欣喜惆悵
都將在二〇〇八年落幕了
不管在這裡
跌倒鬱悶喧譁笑鬧
且擦乾盈眶的眼淚
綻放燦爛的笑容」

影片播出了畢業生的生活實況、實驗時的落寞、咪挺的緊張、會跳的咖啡、好樂迪迎新時候的照片，當然不可或缺的就是金色三麥的歡樂時光。「你們現在不會有感覺，等到你離開後兩年，你就會想起這裡是多麼好的地方，你會想起老大的每一句話……」「霜」小聲地跟「方」說，滿是絡腮鬍的「正」在旁邊猛點頭。

畫面轉成「你離開後，最記得老大的哪一句話？」還有「你覺得小邱邱家是甚麼地方？」

「堯」：一句話：一日外科，一世外科。不必辛苦地向英明睿智指導老師拍馬屁的地方。

「愷」：一句話：不做實驗就不能畢業。很實在的地方。

「豪」：一句話：結果如果是真的，你怕甚麼？可以愛的地方。

「台」：一句話：trouble shooting。和諧的地方。

「麟」：一句話：你好嗎？快樂成長的地方。

「如」：一句話：有51％的機會就衝了。充電的地方。

「梅」：一句話：有51％的機會就衝了。溫馨滿滿歡樂憂傷與共地方。

「霜」：一句話：不要說沒辦法，沒辦法要想辦法。像「天堂」一樣快樂實驗用力玩樂的地方。

「寧」：一句話：多年以後你會忘掉妳做過甚麼實驗，但是你一定不會忘掉這裡一起的歡樂。溫馨幸福的地方。

「琦」：一句話：不要擔心，可以畢業的。可以去唱歌玩樂的地方。

「蛋」：一句話：做 Western blot 一定要有 internal control。到哪裡都令人懷念的地方。

「韻」：一句話：OK 啦。滿天流星的地方。

「橘」：一句話：YA！超級歡樂的地方。

「玉」：一句話：（老大說）我是一個會漏財的人（還要配上手指合不攏的姿勢）。在大雨中突然找到可以避雨的地方。

「萍」：一句話：歡迎找麻煩。心靈成長的地方。

「明」：一句話：這是成熟男人苦澀的味道。很ㄇㄧㄢ的地方。

「刀」：一句話：有捨有得加上星座羅盤。像森林小學的地方。

「晴」：一句話：YA！是每天都開心的地方。

「慈」：一句話：不要猶豫，做了也不要後悔。學很多很快樂像避風港的地方。

「柏」：一句話：ＯＫ啦！知「星」知識補給與了解星座知性的地方。

「均」：一句話：有51％的機會就衝了！（但我沒做到過～～哈哈）。讓我至今受用無窮的地方。

「毓」：一句話：在對的時間做對的事。溫馨有活力的地方。

「星」：一句話：Timing很重要。開心的地方。

「嵐」：一句話：negative不一定是negative，positive就是positive。不可思議的地方。

「文」：一句話：Timing很重要。寓教於樂的地方。

「鄰」：一句話：拼就對了。敢拼敢玩的地方。

「賢」：一句話：科學就是可以量化的事實。有情的地方。

「揚」：一句話：Timing很重要。沉澱完會重新找回自我的地方。

「萱」：一句話：聰明的人星座宮裡常常有雙子座。溫馨充滿腦力激盪的地方。

「喬」：一句話：有51％的成功率就衝了。做得凶、玩得凶、喝得凶的地方。

「宅」：一句話：男人就該自我要求。快樂學習的地方。

「閔」：一句話：你們永遠都是第一名。一個很歡樂的地方。

「弘」：一句話：你們很棒。溫馨歡樂的地方。

「哲」：一句話：科學是用可重複可量化的方法去探討一個已存在的事實。和樂甘心的地方。

「方」：一句話：有51％的機會就衝了！（超有用）。溫暖沒有心機盡情做自己的地方。

「晨」：一句話：Timing。讓我心靈成長的地方。

「恩」：一句話：我相信科學。可以學習真理，而且無時無刻都能感覺到溫暖及歡樂的地方。

「Amp」：一句話：Work hard, Study hard and play hard! A warm place!

「良」：一句話：paper 寫好了沒，要快一點，時間有點趕喔。可以獲得知識又可以吃喝玩樂，大家和樂相處的地方。

「花」：一句話：穴位是神經相對豐富的地方。超級溫馨歡樂，不後悔選擇的地方。

「芸」：一句話：不要怕！做就對了，我挺你！愉快開心，玩得凶做實驗也凶的地方。

「老大，你的呢？」

「……這裡是你們可以做自己的地方。」

字幕又現：

「總在夜闌人靜時
想起那一起擁有的曾經
那段無邪的日子
總在夢裡交織成美麗的圖畫

那段低潮的日子裡
也在淚中譜下友誼永恆的樂章
是我一生中最值得珍惜的一刻
只因為有你們

在即將離開的時分
總會留下些許的回憶
回憶是
我單程的車票
我帶走的行囊
在即將要來的行程
謝謝你們
與我分享這一切的一切
空間是無邊的蒼穹

我們曾在這裡佇足
感謝有你們的陪伴
心中有夢美夢成真
在小邱邱家你完成夢想
在你要踏出家門的時候
且讓我們
陪你一起走過
下一個美夢」

音樂漸出直到無聲。
螢幕漸墨終至黑幕。

「老大，你會批紫微斗數嗎？」
「嗯，我的命宮裡有紫微跟文曲唷……」

偌大的開刀房一間間地隔開，早上七點半不到，推著病人的推車在護理人員的護送下，進進出出地將病人送進一間間的開刀房裡。

暈黃的手術無影燈像 spotlight 投射在病人的手術部位，「滴——滴——滴」規律的心跳聲加上「篤——達——」「篤——達——」呼吸器的聲音，更顯得開刀房的寂靜與緊張的氛圍。

這情景好像在哪裡看過？

走過那高掛著「劍膽琴心」父親經手「仁光醫院」入口的長廊，跑向二樓一間看似不大裡面卻很大的房間，踏在一個方方的板凳上手撐著房間外的洗手臺想要從厚厚的小窗口看到裡面父親在做甚麼。「嘩——」的聲音伴隨著強烈的水柱噴到我身上弄得全身都濕了。才發現自己的大腿碰到了專為開刀房設計的腳控式出水開關，趕快用大腿往反方向施力才將出水停住。小窗戶裡面的房間屋頂有一頂好像飛碟的圓形大物，幾道暈黃又刺眼的燈光從那圓形大物射下。只見得父親和站在對面大哥哥帶著白色布帽白色口罩站在全部是綠色大包布的臺子前面，看不見包布下是甚麼，只看到父親熟悉的背影和手上的動作，……一來一回，一來一回……。

今天是切右側肝臟的手術。

「Kelly」

「Kelly」刷手（刷手護理師簡稱）複誦著。

「三號線，free tie」

「三號線，free tie」刷手複誦著。

「剪刀」

「剪刀」刷手複誦著。

「學弟，麻煩幫我將肝臟搬上去一點。」

「好的。」學弟大大的右手將紅色的肝臟往他的方向撥了一下。

瞬間，眼前的所有事物都被暗紅色的血遮住了，而且還像繼續倒了一大盆血水一樣淹沒了整個視野。下意識地用左手的指頭往血裡面摸去，壓住猜想剛剛結紮的血管，嘴裡唸著：「輸血一千CC，並上Satinsky clamp。」「撲通、撲通、撲通、撲通、撲通」急速的心跳在胸前震動，和病人心電圖「滴滴滴滴滴滴」突然加速的心跳聲幾乎同步，冷汗沿著眼睛邊緣滴到口罩裡面，呼出來的氣幾乎遮蔽了整片眼鏡。血水依舊像淹水一樣往上升，往上升……。

「不要動，不要拉……」

「不要動，不要拉……」

「嘿！嘿！醒醒，你怎麼啦？」是妻子的聲音：「又作惡夢了？」

自從出加護病房回到普通病房時，就有很多朋友來探視。那天進來幾個學弟，都很smart。

「老師，您不用起來，我們來看您，有沒有好一點？」

仔細一看，是一張永遠不會忘記的臉龐，因為他就是和我一起開刀碰到大出血的學弟。雖然在當時我們都緊張到不行深怕病人會出問題，可是他的大手就像一支很穩定的器械，讓我們當場就解決出血的問題而順利下刀，病人也安全出院。可是這種開刀當中不預期的事件如動脈出血時血液噴到整個臉、口罩、眼鏡、帽子、刷手衣上的情景不能說經常但也並不罕見。臨場應變的種種狀況是必須面對的，也會在午夜夢迴造成身歷其境的驚魂夢魘，還好在醒來之後慶幸那只是一場可怕的夢。

「老師，您記得我嗎？我R1跟您的。」

「我最記得您說：『對R1、R2教如何照顧病人；R3、R4教如何開刀；教

CR（總醫師）如何decision making，教年輕主治醫師如何處理併發症。』」

「我R1第一個月跟您，之後我就決定走您的路了，都是受您的影響。」

「對對對，老師，我是實習醫師跟您的，只有一個月，可是您當時帶我開一臺小腸造口術，而且很仔細地教我說：『你看著唷，針要這樣子夾，要這樣進去，這樣出來……』讓我覺得很有趣，所以我後來走外科也是因為您的關係。」

「那時候我和實習醫師『吟』都有寫謝卡給您，她還說您很funny呢！」

另一個學弟描述地很仔細，其實我們只認識一個月。但是我記得他說這話的時候，就好像回想起來在藏區慈眉善目的大喇嘛一邊現學現賣的告訴頑皮的小喇嘛：「不要夾住針頭，這樣子針就不利了。」在我教這些學員如何縫合摔馬或是車禍的大傷口時，大喇嘛和小喇嘛的互動，彷彿看到以往父親教我的種種畫面。

大概是有當老師的授課經驗，所以在看病人的時候也會多多少少帶著講清楚說明白的氣息。

「邱醫師，我是乳癌病人可以喝豆漿或是不能吃紅肉嗎？」

「可是我朋友說她吃了這個，癌症都縮小了，怎麼解釋？」看著她那窮追猛打地，我覺得更有義務講清楚一點。

「由於乳癌的病人因為腫瘤上有女性荷爾蒙受體（ER+,PR+），術後會服用抗女性荷爾蒙的藥物來抑制乳癌的復發。在許多天然食品植物例如山藥、大豆、月見草等其內含有植物性女性荷爾蒙，是否可以經常服用？這是許多乳癌病患經常會碰到的問題。一般而言，女性荷爾蒙受體有甲型（ER-Alpha）和乙型（ER-Beta），而甲型是影響乳癌細胞增生的主要受體。動物性女性荷爾蒙作用到甲型女性荷爾蒙受體是植物性女性荷爾蒙的一千倍，因此如果只是服用含有植物性荷爾蒙的食品，其影響應該不大。但是經常服用或是服用植物的萃取物（通常以膠囊或是藥片呈現），其成分比例較高，可能有影響甲型受體而造成乳癌細胞的增生。一般飲食可以服用豆漿或偶而服用含植物性荷爾蒙的食品；紅肉也是一樣，不要天天服用，也不要經常服用經過萃取的植物性藥物或健康食品。有一句話：『食物天天吃就是藥物，藥物天天吃就是毒物。』就是最好的註解。」

我一邊說著一邊拿一張白紙在上面畫著。我開始擔心她會說我像老師一樣等下會拿三個問題考考她：

第一、請問你吃的是甚麼藥？

第二、乳癌病人豆漿可不可以喝？

第三、別人給妳的膠囊型保健食品可不可以吃？

「下一位，黃〇〇小姐，麻煩您的健保卡，請進來。」診間護理師叫著號。

「邱醫師，這位是我的好朋友，她說她乳房長一個東西兩三個月了，請您看一下，等下是不是可以麻煩您照超音波？」我還沒開口跟隨病人一起進來的女士就忙著替她朋友描述病情。

「好的，請問您是哪一邊的問題？有多久了？會不會痛？」我一邊說著一邊請她隨著護理師到旁邊有隱蔽的空間等著。

「你的肺臟還好嗎？有沒有繼續用藥？」因為病人的朋友也是固定在門診追蹤治療的病人，有乳癌復發及肺臟轉移的問題，但是因為對很多藥物都過敏無法使用，所以病情都無法好好控制下來。

「我跟您說我兩邊肺臟都還有問題，呼吸也有點喘，你也知道我因為體質過敏的關係無法吃那些藥。沒關係的，反正就這樣子等到要走的時候就走囉！」她還是一副輕鬆的樣子，繼續說：「等下三十六號也是要看你的，今天可以做超音波嗎？」

「我先幫這個病人看完再說。」我進去護理師已經準備好觸診的房間。

「之前那個藥要吃一輩子，很累耶！」簾子外遠遠傳進來她宏亮的聲音。

「不會啦，固定吃藥就好了，不用擔心。」我一邊回應著一邊突然想起不知道哪位哲人說過這麼一句話：「一輩子？其實好像一輩子也沒多長吧！」

「今天我們兩個都能做到超音波吧？」她窮追不捨的問。望著她，腦海裡突然出現一張「倒吊人」的塔羅牌，「倒吊人」呈一名年輕人雙反綁被倒吊在T字型的樹幹上，雙腿交織成十字，排成西方鍊金術的鍊金符號。其正面的意思是等待、犧牲與靈性。從倒吊人的表情是平靜的，表示這犧牲是自願的，即使肉體毀滅靈魂也會永遠存在。雖然塔羅牌都有祂正面與負面的解讀，就像每個星座都有一句最好與最壞的評語一樣，我寧可相信這位女士已經戰勝她身上的癌症細胞了。

在她們離開之後正要關診之時，護理師突然進來，手中拿著一封信說：「邱醫師，這是您的卡片，上禮拜收到的。」

回到辦公室打開那滿滿都是病人和學生謝卡的抽屜，拿出拆信刀小心翼翼地將信封打開，是一張卡片，卡片上有著 Thank You 的字眼，是藝術字，表面上還鋪著一層粉紅色、金色的雪花，打開卡片上面寫著：

「邱醫師，謝謝您在母親住院開刀這段期間的悉心照顧，讓母親很快的出院。目前恢復得很好，等以後再回門診找您了。祝福您一定要身體健康，萬事如意。○○○敬上。」

我頓了一下，將卡片摺好放在桌上，在那滿滿都是謝卡的抽屜隨意抽出一張已經變舊變黃的卡片並打開：

「邱醫師，謝謝您！我父親已經往生了，他走之前要我一定要回來謝謝您，說您幫他開的刀讓他多活了十幾年，媽媽的膽結石也是您開刀的。父親走得很安詳，我們這十幾年過得很幸福，有您在我們家人都很放心。我沒有甚麼名貴的東西送給您，這是我親手製作的卡片，謝謝您這十幾年的照顧。希望您會喜歡，也祝您闔家平安幸福。○○○的女兒○○○敬上。」

「邱醫師，我姊姊已經往生了，因為您一年前就告訴我們會有這個情況了，我知道應該怎麼做，所以姊姊走的時候很平靜，甚至走的前一天我問您說可以去洗頭嗎？您的回答讓我姊姊去洗了一個很舒服的頭，雖然隔天就走了，她還是很開心。謝謝您這幾年的悉心照顧，祝您身體健康，闔家事事順心。○○○的妹妹敬上。」我記得她們姊妹倆，姊姊小珍因為罹患乳癌轉移到肝臟，一直都是由妹妹陪著來門診追蹤。

看完的時候總覺得眼睛模模糊糊的，我翻了翻抽屜更裡面，竟然翻到一方棗紅色的石頭，正在納悶這是甚麼時候的事物？在那石頭沙沙的底面刻印著「敦煌」兩個字。上面是滑滑的棗紅色，有點像是魏晉南北朝墓穴裡壁畫的顏色。摸著摸著這方石頭，我的思緒漸漸回到往日我們走絲路之旅的印象之中：從西安出發，經河西四郡，過大戈壁沙漠，在嘉峪關外追落日，驚奇於敦煌的莫高窟的絕世藝術……。

看著這些東西最讓人不捨的倒不是卡片本身或石頭來自於何方？而是那一筆一畫的勾勒著病人、病人家屬與醫師之間關係的人們。想像一個剛失去至親的女子，伏於案前收起哀傷的心情一字一句地寫出對您感謝的肺腑之言；想像遠在千里之外滿是風沙塔克拉瑪干沙漠邊緣，還在尋找一顆適合你的石頭送給你……一想到這些畫面總是令人莫名不已。多年以後，物是人非，會留下這些用心為你準備的卡片或小東西就是想留住曾經這剎那間的感動與不捨。

離開辦公室後經過急診室，想起當R1駐守外科急診的時候，幫一個北一女的學生縫合額頭上的傷口，因為要用消毒過的洞巾蓋住臉部只露出要處裡的部位，但是洞巾開口太大無法全部蓋住，只好露出她的眼睛與傷口。傷口在清秀的眉毛上面，在縫合的時候只見她的眼睛動來動去。

「妳可以閉著眼睛才不會怕。」我安慰著她。

「不用喔，我以後也想學醫，我不怕！」她轉著咕溜的眼珠說。

處理完傷口後的兩個禮拜，我收到她的卡片，也是我當醫師後的第一張卡片：

「邱醫師哥哥，謝謝你幫我縫合，謝謝你在縫合前的安慰，細心的縫合，縫合後的叮嚀。二點五公分的疤為我留下第一次開刀的點點滴滴，傷口很好，謝謝你！祝一切順利。〇〇〇 敬上。」

醫院劇場

第一幕

時間：二〇一七年十二月二十一日晚上七點多

地點：陽明大學

場景：黑夜中的新建大樓

冬天的夜晚有著白天太陽照射後的微暖，也夾雜著入夜後刺骨的寒涼。北投立農街上矗立著一棟大樓，從旁邊尚未撤出的圍籬看得出來才剛蓋好不久。幾盞在不同樓層開著的日光燈，零星地散在暗黑大樓的表面上。隨著夜幕漸長，燈光一個個地熄滅，只剩下六樓中間一個白點。

「溫度提醒：各地白天陽光照射，大幅回暖，相當溫暖舒適。各地夜晚至清晨仍有涼意，日夜溫差可達十度以上。」收音機裡傳出來小小的聲音。

「扣、扣、扣」輕輕地敲門聲在寂靜無人的大樓裡似乎顯得特別清亮。

在關完六樓這區的燈光之後，一個約莫二十出頭腰間配著工具袋的小夥子，看得出來是來整理房間的。一邊看著房間上面沒有隔板的空間，空間裡有一盞開著的日光燈。「嗯，怎麼這間房間的燈還沒關？」小夥子暗忖著。「還好現在的設計都是共用空間，每個地方都不是像隔間一樣封死的，至少上面還可以相通。」一邊搬著椅子一邊還咒念著：「怎麼下班也不關燈？」小夥子爬上椅子翻上隔板，因為不是厚的隔板，身體重量壓得板子吱吱作響。翻上牆面往下一看：「ㄟˊ，怎麼下面躺著一個穿白衣服的人，左腳在下，右手微彎，弓著身子躺在有些儀器的桌子下面？」

接著，一陣騷動，一陣慌亂，一陣一陣一陣……終於救護車來了。

第二幕

時間：二〇一七年十二月二十一日晚上七點五十四分

地點：台北榮總急診室

場景：急救室

「快快快，OHCA病人來了，有CPR過，有點滴。」工作人員將病人放在急救推床上趕快推到急救室，霎時，好幾個人有條不紊地來來去去做他們該做的事。

鏡頭由病人身上往上空移去，病人顯得越來越小、越來越小——我發現我好像飄在急救室的上面。

「妳的老闆怎麼了？妳怎麼不知道？」下面急救床旁出現了一個胖胖的長者氣急敗壞地問著「晴」。

「在哪裡發現他的？實驗室還是辦公室？」一個穿白衣服的年輕人問著。

「實驗室，老師有時候會在那裡做實驗。」「晴」瑟縮著回答。

「妳們上午三、四堂課一起上課，上完課老師去哪裡妳們都不知道？下午他去哪裡妳們也不知道？妳們那麼不關心老師？」後來來的長官一個個興師問罪地問著「安」跟「晴」。

「不知道，我們不知道老師怎麼了？中午也沒看到他在哪裡？下午我們也沒看到，只看到他的桌上有一個麵包。」一個子小小的「安」跟「晴」被逼問到手足無措。

許多榮總、陽明大學的長官陸陸續續出現，一時間整個急診室充滿了好像有VIP怎麼了的氣氛。

「先繼續CPR，給氧氣。」

「等下給Epinephrine 1 mg，IV，每三至五分鐘給予。」

「繼續CPR，注意心電圖，他原本是PEA（無脈性心電活動）。」

在他們做 CPR 的時候，在上面的我怎麼覺得胸口一陣的疼痛？

「等等，有心跳了，不用電擊，等下送腦部電腦斷層，並安排心導管。」

「等下抽血結果包括毒物檢測的報告出來，告訴我。」

幾個看似高階主管的人指揮著急救室裡的每個人，熟悉地遵循著高級心臟救命術（ACLS）一步一步急救著下面這個病人。

「他是陽明大學的教授，也是乳醫中心的教授。」

「甚麼？怎麼是他？禮拜二門診我還看過他呢！看起來雖然有點累累的，可是還好呀！」

「聽說好像是中午以後就沒看到他，剛剛被發現的時候大概有七個多鐘頭了，也不知道昏迷多久？」

「有救起來嗎？」

「不知道耶，剛剛急救團隊說有心跳了。」

「唉，就算救起來，是否會變成植物人也不知道？」

聚集越來越多的人互相拼湊躺在床上的病人可能的所有猜測。

怎麼感覺我身輕如燕，四處飄移，飄到榮總球場，在暗夜裡的幾盞燈光顯得特別地刺眼；飄到思源樓，從大樓的外面，似乎我看到以前住在裡面熟睡的母親；飄到門診大樓，兩個曾經跟我熟識卻因走不過感情關卡而結束生命的護理師跟護佐在跟我招手；從門診大樓經過保一總隊，來到那好像剛剛從那棟被送出來的大樓，從窗口望向裡面，小小不到三坪大竟然擠了五六個人的空間，不到兩米的挑高，讓人真的有快要窒息的感覺。在一張比較大的桌子放著一杯有著茶漬的磁杯，旁邊靜靜地放著一塊小小是當做早餐的麵包，好像還沒吃過……。

忽然，我的胸口又是一陣劇痛。

好像有一陣風，將我從大樓吹回要到榮總必經的隧道。長長拱形的黑色隧道襯托兩側暈黃的牆壁，一道道黑邊同心圓向另一頭漸行漸遠地放射過去。以前每次經過這隧道時，總是會沉思這個「人在臨終的時候，會不會經歷例如一道長廊、一條隧道，遠端有白色的亮光的場景」的問題。過了這隧道，我又回到原來飄起的地方，下面還是人來人往。

「咦，那不是天天相處的妻子嗎？」

「她怎麼來了？」

「已經有心跳了，剛剛電腦斷層的結果看起來沒有出血或中風的情形。」

一個穿白衣長袍的醫師跟妻子說。

「妳知道他有甚麼疾病嗎？最近有吃甚麼藥，例如毒品？安眠藥？」

「他平常都還好，只是前幾個月有得了帶狀疱疹，因為很痛所以那時候經常睡不好，好像有時候會吃藥幫助睡眠。」

「不過，他不喜歡吃安眠藥，能不吃就不吃，也沒有吃禁藥的可能吧！」

「嗯，好的。目前等著送去做心導管，看看是否有心肌梗塞的問題，因為大部分的 OHCA 病人是心肌梗塞或腦中風。」白色長袍醫師解釋著。

第三幕

時間：二〇一七年十二月二十一日～二〇一七年十二月二十三日

地點：台北榮總加護病房

「篤——達——」

「篤——達——」

「篤——達——」

規律呼吸器的聲音持續著。幾個穿著防護衣的人員來來去去穿梭在每一隔間的病床。外面的夜已經夠深了，房間裡面卻是燈光如畫，人來人往卻沒有一個認識的。

「你在這裡呀？我找你一陣子了。」我看著躺在床上的你，臉上貼滿了固定許多管子的白色膠布。

「……」躺在床上的你沒有回應。

「是我！」我更靠近過去看著你。

「沒錯，是你，雖然面容有些改變，但是我認得你。」

「你的眉毛以前比較粗，粗得好像蠟筆小新，可是很好看，鼻子還是一樣高挺，長長的睫毛，聽說你小時候上面還可以放三根火柴，是真的嗎？你的眼睛腫了看不到以前你笑起來會彎彎的眼睛，可是依稀可以猜到就是你。」我想摸你的臉龐，可是卻摸不到。

「其實，我們以前好像見過。你在台大當實習醫師的時候，一個週六下午，因為前一天值班太累，當天開著車急著去其他縣市打網球，在高速公路上打瞌睡而撞到分隔島差點翻車。當住院醫師的時候，有一天晚上應酬到半夜，怕家裡人知道所以從五樓的頂層攀著頂樓的旁邊跳到五樓家裡的花臺，這窗臺窄窄的只能容下半個人的寬度，我看到你縱身一跳，深怕你一不小心沒站到花臺就摔到五層樓下了。你知道嗎？你跳下去的時候，門口裡面你的妻子正在等著門呢！還有，有一年在青藏高原上往甘孜的路上，你自己開一部小北京吉普車，因為不熟悉路況想超大卡車，結果你的小北京被大卡車逼得翻到路旁的山溝裡……。這幾次我們只是擦肩而過。只有一次在你去轉岡仁波齊神山的時候，因為突然下起及膝的大風雪害你失溫到快掛在海拔六千公尺的那個廟子裡，那是我們眼神互相正面對視的一次。」

「……」我猜躺在床上的你應該想問：「你是誰？我怎麼會在這裡？」

床邊的點滴藥水一滴一滴卻滴得很快……。

「你的手怎麼那麼腫？」看著你腫腫的手指。

「有人來了，我等下再來找你。」

「……」躺在床上的你還是沒有回應。

「在做心導管的時候，完全沒有看到心血管的阻塞，血管通得很好。腦部跟血管都沒有問題，也沒有大動脈瘤破裂，或許有可能是心律不整造成的，等穩定後再看看是否要再做一次心導管，看是否有心律不整的原因。」來了一個穿白色長袍的醫師跟旁邊病人的妻子說。

「為了怕缺氧太久腦部會傷害更嚴重，所以如果妳同意，我們會安排低溫療法。若有效的話可能會醒來，但是不知道腦部傷害是否可以完全恢復？」醫師繼續解釋。

「低溫療法？甚麼意思？甚麼時候開始做？」

「我們一安排好就會開始，開始之前會再跟妳解釋低溫療法的好處跟併發症，要妳們家屬簽完同意書後我們就開始。」

「在回溫的時候是比較危險的，所以要密切觀察生命現象。」醫師說了很多。

「嗯，好的，謝謝您了。」

「我回來了。」在他們離開床上的你後，我貼著你的耳朵說。有一段時間了，我看著他們在你身上的管子加上一些儀器，也在你身上動來動去，推動儀器的聲音此起彼落未曾停止。

「你的手怎麼那麼涼？」

「你怎麼那麼冷？不可以一直涼下去喔！」看著你腫腫的手，我摸不著卻可以感受到你的溫度。

「低溫療法我們通常會讓病人體溫降到三十二到三十三度，最重要的就是保護腦部的缺氧傷害，但是可能的併發症是這時候容易造成電解質不平衡、代謝性酸中毒、免疫力下降，有時候會心率不整……」

「我們開始回溫了，這時候反而要注意病人的生命現象，若是經過低溫療法還是不能醒過來的話，可能就沒辦法，只能靠病人自己的造化了。」身著白色長袍的醫師跟旁邊看似住院醫師的幾個人解釋著。

「嗨，是我！」在那些人離開你之後，我貼著床邊更靠近過去看著你。

「……」躺在床上的你依然沒有回應。

「你太累了，你的鬢邊多了些白髮，好像眉毛上也有。也有魚尾紋跟抬頭紋了。應該是這陣子太累讓你撐不住，你右側大腿的疤也是勞累過度引起的帶狀疱疹吧！」

「不如你跟我走吧……」

第四幕

時間：二〇一七年十二月二十四日

三天前的傍晚。

手機上的臉書突然出現一則連結：「今天接到訊息說邱老師在實驗室昏倒，送到醫院時心跳已經停止，經搶救現在已經住進加護病房。這是最近幾件好友不好消息中，最令我震驚的了……希望他早日脫離險境。」

「『霜』，老大怎麼了？出了甚麼事？真的走了嗎？」「麟」的電話首先響起。

「老大出事了嗎？」「秀」隨後也來電詢問「霜」實際的狀況。

兩天後。

「天呀，怎麼會？我才寄卡片給老大耶！」剛接到訊息的「蛋」回著。

「他現在在加護病房，有點反應，顏主任說現在昏迷指數大約五分，希望三天內會醒就沒問題。」「霜」傳的時候都快哭了。

「怎麼會這樣？希望老大平安度過。」群組裡跳出「玉」的訊息。

「我們本來都約好隔天要交換禮物的。」「霜」說著。

「哭，好難過喔！」「蛋」回覆著。

「@阿蛋 會醒的。」「晴」接著回在群組裡。

一天前。

「秀」傳了訊息到群組：「明晚八點三十分共修，可以請實驗室所有人一起參加，找個安靜的場所，以舒適的姿勢，閉眼。祈求自己信仰的神、佛，將如太陽光的白熾光或黃光照在老大的全身，尤其是腦還有心臟。請記得迴向著老大唷。」

當天晚上。

「『秀』學姐說她們今天晚上八點三十分會幫老大祈福。大家一起在同一時間一起祈禱集氣一下。」「霜」提醒著群組裡的同伴。

「今晚八點三十分大家一起集氣祈福！老大一定平安度過。」「韻」附和著。

「天呀！老大一定要平安度過。好的，八點三十分我們也一起。」遠在德國的「寧」也加進來。

第五幕

時間：二〇一七年十二月二十四日晚上八點三十分

「篤——達——」

「篤——達——」

「篤——達——」

沒停過的呼吸器聲音在安靜無聲的加護病房裡顯得特別地突兀。一床床躺著的人可能隔天就再也看不到了。

「嘿！我來看你了。」我在你床的上面輕輕地呼喚你。

「……」躺在床上的你依然沒有回應。

「我剛剛在外面的時候，夜很黑，黑得看不見五指，可是有好幾個地方有些燈光。俗語說：『有燈就有人。』我趨近燈光看看那些人在做甚麼？」

我在你身旁好像跟你說故事一樣。

「這一桌有好幾個人，都很仔細地在摺個甚麼東西，應該像是鳥類的吧？！」

「喔，那這一桌也有好幾個人，都用不同顏色的紙。……啊！對了！是紙鶴！滿滿的都是紙鶴。」我還高興地自己看出來了要跟你邀功呢！

你的眉頭皺了一下。

「怎麼？你以為我看不出來？」

「還有喔，另外那區燈光下，有好幾個人都埋著頭不知道在寫些甚麼？」我靠近看了以後，發現每個人都在桌上用紙寫一些東西，真的很認真很專注，甚至有些人還雙手十指緊扣彷彿在祈禱甚麼。

「還有一、兩個人眼淚都流下來……」

「我還知道你最受不了病人一筆一畫用心寫給你的卡片，因為你說那是最誠摯的謝意，比起任何實質的貴重物品都還珍惜。」

「那一桌都是穿白衣服的，看起來比你年輕多了。」我想告訴你他們都跟你一樣穿白衣長袍。

「在考試前夕突然得知您身罹重病，讓我感到非常驚訝。希望老師再看到這信的時候身體已經復原地差不多。老師，您教我們很多很多，令我最印象深刻的是老師說因為我們以後都是PI（研究主持人），所以我們要會trouble shooting。即使當了PI有了研究助理，還是要有看出問題和解決問題的能力。」

「我也查了一下老師的學經歷及專長實在很傑出，除了中西醫的臨床研究以外，還有傳記行醫經驗的書籍出版，可見老師繁重的看病人、研究、教學的多重角色，一定非常辛苦。最後希望老師能夠順利恢復。」

「謝謝老師上課的指導讓我收穫良多。老師是陽明的寶，請老師保重身體才能繼續教育英才。祝老師身體盡快康復。」

「在期末考前夕助教突然通知說老師昏倒需要急救，這消息讓我第一時間很震驚也很有感觸。三年多前我在工作的時候，突然發生腦部動脈阻塞，緊急送加護病房觀察，這一住院就是一個月。之後，花了半年的時間復健與恢復，才慢慢地回到工作崗位。我想您跟我都一樣被層層壓力壓得過勞了。敬祝老師能早日康復。」

我看著他們寫的東西，真的很用心，也知道他們對他們寫的人一定很感謝。還有這個我覺得很好玩：

「得知老師昏倒急救讓我非常驚訝。還記得老師上課時教我們實驗原理，這堂課令人印象最深刻的就是老師還有星座分析，有趣又好玩。您問一個問題說：『回答出來的不用考試。』還接著說：『誰是牡羊的？火象星座除了獅子座以外應該都會是第一個回答的，因為獅子座怕答錯沒面子，牡羊就是會衝出去的。』因為我是巨蟹的就不敢回答。」

「ㄟˊ，外面甚麼事情？怎麼那麼亮？剛剛還沒有那些光，奇怪？」我看著床上的你，手稍微動了一下。

「怎麼呢？你的頭和心臟怎麼會有光點？而且那光點越來越大好像把你圍住……」我想出去看看可是我怎麼也離開不了，我看看你床頭的時鐘顯示著「八點四十五分」，我覺得我有點冷不知道怎麼辦？

「好冷喔，你會嗎？你的身體有白光跟黃光一定很暖……」我想摸你溫暖的手可是還是摸不到。黃光和白光交互輝映，不同方向的原力互相膠著。

「我好冷唷，不管了，我要鑽進你被窩囉，你可別嫌我煩喔。」

白光漸滅黃光漸熄……。

而你，漸漸由暗變明……。

劇終。

幕下。

夢醒時分

隆冬的夜裡，華燈初上的街頭傳出來熟悉的耶誕樂聲：

「雪花隨風飄 花鹿在奔跑
聖誕老公公 駕著美麗雪橇
經過了原野 度過了小橋
跟著和平歡喜歌聲 翩然地來到
叮叮噹 叮叮噹
鈴聲多響亮
你看他呀不避風霜面容多麼慈祥……」

經過那掛滿聖誕燈飾的教堂，優美的和聲從那溫暖的十字架流了出來：

「平安夜 聖善夜
萬暗中 光華射
照著童貞母照著聖嬰
多少慈祥也多少天真
靜享天賜安眠
靜享天賜安眠……」

聖誕夜主持彌撒的神父虔誠地帶領唸著聖經詩篇 23:1-6：

「耶和華是我的牧者，我必不致缺乏。
他使我躺臥在青草地上，領我在可安歇的水邊。
他使我的靈魂甦醒，為自己的名引導我走義路。
我雖然行過死蔭的幽谷，也不怕遭害，因為你與我同在；
你的杖、你的竿，都安慰我……」

二〇一七年十二月二十四日真的是一個非常平靜的平安夜。

「親愛的爸爸，請快點好起來，我們都一起等著您，等您回來做好多好多的事，我們都很想您。聖誕快樂！」在牆上掛著「基督是我家之主」下耶誕樹旁的男孩一字一句地寫下他跟家人的心聲。

「篤——達——」

「篤——達——」

「篤——達——」

加護病房的呼吸器穩定規律地打著拍子。

「已經做完低溫療法，身體也回溫了，現在只能觀察看會不會醒，一般來說若是會醒，兩三天就會醒了，若超過這個時間要醒的機會就難了，可能就會變植物人。」穿著白色長袍的醫師對家屬說著。隱隱約約好像有人站在旁邊默默地幫我調好鼻胃管，那是認識四十幾年的女孩。

「妳是甚麼星座的？」

「我是雙子，你呢？」

「真巧，我也是雙子的……」

就這樣，兩個除了月亮星座以外的太陽、水星、金星、火星、木星都一樣星座的陌生人就開始了每日一封台北─高雄的魚雁往返。週末翹課搭慢車一路睡在車廂最後一排的地板上回到台北，隔天日落後再搭夜車回高雄上課，讓母親知道回台北都沒回家的時候就說了一句：「ㄟˊ，ㄟˊ，你怎麼回台北都不回家？你不要忘記你是邱家的人喔！」

經過一千多封的信件往返，搭過鐵路局的慢車、對號快車、光華號、莒光號、自強號，好像經過臺鐵的鐵路史，走過了北横、中横、南横、雪山、溪阿縱走等辛苦步道，在畢業後幾個月後，兩個小朋友終於完成了是初戀也是結婚，初戰即終戰的八年愛情之旅。

感覺到妳在身邊，我想告訴妳：「這些年來讓妳不斷地擔心害怕，我很抱歉。」

「當實習醫師的時候，一個週末因為前一天值班太累，開著車急著去打網球，在高速公路上打瞌睡而差點翻車，妳就在旁邊。」

「當R1的時候第一天就值班，那時候還沒有宿舍住在外面，當夜有三、四臺急診刀，每次回來又出去，出去又回來，回來又出去，一個晚上拉上拉下鐵門五、六次，害得妳沒睡好，還被房東唸了很久。」

「R2的時候，有一天晚上應酬到半夜怕妳知道所以從五樓的頂層攀著頂樓的旁邊跳到家裡的花臺，進去後發現門雖然鎖著可是妳睡在門口等我。」

「還有每年七、八月上去到青藏高原理塘，我都沒有辦法跟妳連絡，一開始一離開就一、兩個月，又沒有像現在的電話聯絡，所以妳說：『你一出門就音訊全無，而且經常一出門後一、兩個禮拜颱風就來了，我一個人帶著孩子在家很害怕。』」

「我也知道我念博士班的時候，你自己一個人帶兩個孩子爬上爬下五層樓，還要買菜、洗衣等。甚至在週末一整個上午帶孩子出去，就是怕影響我念書跟做實驗。」

我想摸妳的手可是卻摸不著。我想說：

「謝謝妳對我荒唐的種種行徑依舊寬容忍耐，雖然我們偶爾因為『要給你好一點，或是給妳多一點』的事情而鬥嘴賭氣，妳表面上是冷冷唸我一頓，其實都是盡心盡力地默默付出，不計代價地包容與體諒，從來沒有一句怨言。雖然我們年輕的激情就像泡一盞茶一樣，由一開始的熱熱入口慢慢變暖漸漸成涼，但是在妳我心中的感覺就像茶葉的回甘越來越強終釀甜美。」我想起宋代辛棄疾的〈青玉案・元夕〉：

「蛾兒雪柳黃金縷。笑語盈盈暗香去。眾裡尋他千百度。驀然回首，那人卻在，燈火闌珊處。」

「我不想也不能用『人不輕狂枉少年』的爛藉口來搪塞，只是真的想謝謝妳的無怨無悔與不離不棄。」

這時候，那寫耶誕卡片的高挺男孩還有他旁邊高挑美麗的女孩一起進來找妳，我想叫妳們可是妳們沒有回應。

白色長廊由遠到近越來越長，彷彿螞蟻頂著觸角到處嗅聞似的焦急地尋找出口。在約兩米寬長廊另一端走過去的時候，隱隱約約地，看到遠處上方有七彩的顏色。稍微走近離那有彩色的地方約莫五六步的距離，往上看在長廊盡頭左上方的角落竟盤坐一個小孩，右腳屈膝盤著左腳自然地垂下，露出青綠色的臉龐在藏紅色的袍子上，竟不顯得猙獰恐怖，反而像頑皮的小孩，噘著嘴，用右手指一指他的左手邊，好像示意我往那個方向走去。我不敢走去，因為那些地方我已經摸索好幾回了，深怕這次又是沒有結果。那小孩看我不動，就更揮揮右手指向他左方的方向，用力比了幾下，因為轉了好久都沒能出去的我順著他指的方向走去，這回，竟然是一道門，是一道之前我都沒看到過的，我往前推一推，這一次這個門竟然開了。

二〇一七年十二月二十五日傍晚。

「篤——達——」

「篤——達——」

「篤——達——」

規律的聲音，在我耳旁響起。

模糊底黑……模糊底灰……模糊底白……。

這一次，模糊底白越來越清楚，似乎有黑色的影子在動，一下在右邊，一下在左邊，好像有黃色的圈圈在眼前一亮而且動來動去。

「邱醫師，邱醫師，聽得到嗎？」

「篤——達——」

「篤——達——」

聽到耳旁的機器聲，看到眼睛上面白色牆壁，才驚覺到自己——「醒了」。

「現在還好嗎？」

「我是誰知道嗎？」

「你到底怎麼了？」

「胸口會不會痛？」

一連串的問題，在我耳邊響起。

「唔、唔、唔」嘴巴因為插著管無法出聲的我發出一些讓人聽不懂的聲音。

「甚麼？甚麼？聽不懂？沒關係，先休息一下，醒了就好了。」護理師一邊安慰著我，一邊跑到護理站說：「他醒了，邱醫師醒了。」

那一天是聖誕節，是基督耶穌誕生的節日。

「你怎麼啦？你不知道？」家人說道：「你昏倒在學校，也不知道多久了？到晚上工人要下班的時候，才發現你倒在地上，那時候已經晚上七點多了，也不知道你昏倒了多久？」

「你是怎麼昏倒的？知道嗎？你頭還撞了一個包，到現在還紅紅腫腫的。」

「你是先跌倒才撞昏的？還是先昏倒才撞到？」

「我不知道，我真的不知道怎麼了？」還插著管子的我在白紙上快速地畫著想告訴他們我想說的話。

「看不懂，太亂了！」

我搶過墊著白紙的板子，很用力一直地寫出想寫的字，可是終究無法讓家人看懂。

「沒關係，慢慢來，你現在有甚麼感覺？」家人很鎮定但不抱期望我會寫出甚麼東西來。

「我只是覺得睡了一個很好很好的好覺，好像很清醒的樣子，睡得很飽。」我心想著卻沒有寫出來。

在氣管插管拔掉之前，我一直回想那道白色長廊，那道我一直走不出來的長廊，長廊旁邊的門怎麼會開了？還有長廊盡頭上面的彩色謎團，是一個小孩？還是？那青綠色臉龐是誰？滿頭問號的我無法回答家人與主治醫師的問題，也讓他們跟我一樣都是滿頭問號了。

我出院幾個月後，一天要回到十樓的辦公室，途中經過一道米白色的長廊，寬約兩公尺。一開始並沒有覺得甚麼，不過是一道走了三十幾年的路，可是越走到長廊底端就越覺得熟悉，彷彿往左上看的時候就會看到那青綠面龐的小孩，正要繼續走的時候，右邊就是一道缺口，那是我經常從裡面辦公室出來要到超音波室幫病人做檢查的必經之路，只是那裡沒有門。我突然恍然大悟，原來我在病中的夢境就是我日以繼夜走過的曾經路，看似有門打不開，其實只要跨出去就走出來了。

然而，最重要的還是要有人指點迷津吧。

我回到辦公室整理一下堆放已久的事物，也讓自己想想往後的路要怎麼走。就在置物櫃裡面，我看到一卷用報紙捲起來的卷軸，因為報紙破了可以看到裡面黑色絲綢質地的東西。我擦了一下手，慢慢地將報紙拿掉，是一卷黑色的長絲綢。將卷軸緩緩地攤開是一幅密宗金剛的唐卡。我先是驚了一下，想著因為我的辦公室離這長廊的通道很近，會不會就是祂扮演著小孩來指引我？

出院後我在家裡復健，有空就翻翻以前看過的書並整理一下，好像很久沒有時間來做這方面的事了。正在翻找圖書的時候，突然有一本很厚很重的書引起了我的注意。那是在二〇〇七年，印度 Dharamsala 特別選定由西藏醫藥曆算學院 Dawa 院長、Tsultrim Kalsang 和 Tsering Thakchoe Drungtso 三位藏醫來台訪問。在結束的時候，Dawa 院長親筆簽名送他編著的「西藏植物圖鑑」。仔細一看是一本大約A3大小的精裝本圖譜，綠松石顏色的背景裡有著白色的英文字《A CLEAR MIRROR OF TIBETAN MEDICINAL PLANTS》，字的下面是一幅四部醫典裡的第一幅唐卡——藏醫藥師佛壇城圖。最外面的東方有七種核子、南方有熱性植物、西方有六種良藥（白荳蔻、肉荳蔻、丁香草、草紅花、滑石粉）以及五種溫泉、北方有寒性植物。往內有四大天王（持國、增長、廣目、多聞）及阿難、迦葉、觀音、普賢等菩薩，最中間就是藥師佛，梵文直譯藥師琉璃光佛或藥師琉璃光如來。我盯著正中央的藥師佛，雖然圖像不大，但是因為青藍色的顏色在帶金色背景裡顯得更明顯。青藍色的手腳露出，右手臂伸出像是佛家接引的手勢，雙腳盤坐，遠遠看去，就好像是我在夢中的長廊裡看到那青綠面龐的小孩，而右手的手勢雖說往下接引，卻也引導我走出無法掙脫的夢裡困境。

這段情節在跟一些學佛的朋友說的時候，他們都說是藥師琉璃光佛來引導我走出來的。辛師姐還特別請琉璃工房製作了一尊藥師佛像送給我，每次看到那青青的面容就好像看到那長廊裡的小孩，特別地熟悉與溫暖。

無解的謎團

「請登入帳號，密碼。」

面對著電腦螢幕看了許久之後，我按掉開關。

「請登入帳號，密碼。」

「請登入帳號，密碼。」

「請登入帳號，密碼。」

重開機又關機，關機又重開機……。

「請登入帳號，密碼。」

「帳號登入，密碼〇〇〇〇〇〇〇〇。」

眼前的螢幕出現了院內網路的查詢系統。

「毒物報告」安非他命（0）、海洛因（0）、嗎啡（0）、古柯鹼（0）、K他命(0)……顯示在我的眼簾，明明知道絕不會有的，還是花了很多時間才有勇氣去尋找那段幾乎不在世上的原因。

看著桌上的記事簿，只記得五個月前的一個下午接到一通電話：

「邱教授您好，我是〇〇您的學生，……您很資深又有教授職，對臨床及研究都很在行，不知道您是否有空回來乳房醫學中心繼續服務與開刀？」

望著電腦螢幕桌面上「預定完成」的子目錄，打開看了一下，裡面有「科技部三年計畫」、「科技部三年整合計畫」、「博士學生論文資料」、「碩士學生論文資料」、「振興陽明計畫」。正思忖著我能夠接下電話那端來的任務嗎？不算那些支援醫院的門診，光是榮總陽明的事物就已經是兩、三個正職缺的內容了。

「好的，謝謝主任，麻煩您到時多指正與指教了。」我心想那不是我正在做的事情嗎？

然而計畫永遠趕不上變化，幾個月後，帶狀疱疹找上我了。「你怎麼了？好像很痛的樣子。」從高雄回來的小孩陪著我到外面餐廳吃飯。

一陣劇痛在右腰背竄起，緩緩緩緩地往右下腹痛去，而且越來越痛越來越強烈，讓人幾乎說不出話只能壓著右腹蹲下來，等待疼痛的惡魔離去。

「又來了，又來了！」幾天後正當我自己對著鏡子撕開右腰臀的紗布正要換藥的時候，那種椎心的劇痛又再一次地測試你的底線。往後的幾個月都在擔心這種劇痛甚麼時候會突然造訪？其實倒不是怕這種又厚重又持續的疼痛，而是活在這種每天不知道劇痛會不會來，不知道會痛到甚麼程度的對於未知的恐懼與不安。

三個月前在普通病房，穿著白色長袍的醫師來查房了。

「現在還好嗎？喉嚨會痛那是正常的，因為你才剛拔完管，喉嚨還有點腫，沒關係……」

「可能明天要再做一次心導管，看看是否有心律不整的原因，通常是有不正常電路傳導途徑的可能。」

接著醫師轉過頭去請妻子到旁邊談了一下：「他昏倒之前有沒有甚麼異狀？有沒有心情低落？有沒有吃甚麼藥？」

「幾個月前，他有帶狀疱疹胃口比較不好，倒是沒有看到有心情不好的情況。」

「喔，不過他本來這一、兩年來有時候會有睡不好的狀況，最近好像也是睡不好才吃點藥幫助睡眠。」

「嗯……妳有沒有考慮報警？會不會有人要害他或是吞安眠藥自殺的可能？」

「不過他的血液檢查毒物或藥物報告都是正常的。」醫師提出了他的擔心與解釋。

「邱醫師好，等下要去心導管室囉！有護佐會來推床的。」好像剛交班完的護理師很有活力地幫我順一順點滴，還在點滴裡加了甚麼藥。

心導管室有好多人，人來人往進進出出。

「開始做了，請先深吸一口氣。」寒冷異常的中控室裡發出了命令似的要求。

我緩慢地一呼一吸，慢慢地，慢慢地。

「好了，請慢慢呼吸，現在要開始加藥囉，請不要動。」中控室來的聲音。

「我都已經被被單綑成像一束東西，哪有可能會動呀？」我心想。好像慢慢地心跳越來越快，越來越快，而且感覺到周遭越來越冷。我想起以前在青藏高原的時候的感覺。

人類面對高原上缺氧情況的正常自主神經反應，當這種反應超過身體自然適應的範圍而引起極度的不舒服時，就叫作高山症。一般來說，在海拔四千公尺以上，空氣中的氧氣分壓約為平地的百分之六十。因此人體血液、組織皆呈缺氧狀態，可由嘴唇、指甲床、指尖呈藍紫色得知。體內則必須以加快心跳、擴張血管等交感神經亢奮反射，來代償這種缺氧狀態，因而有心悸、頭脹、頭痛、失眠、噁心等症狀。也正因為氣壓低，體內水分蒸發快，造成血管內缺乏有效容積，許多水分也滲積在組織間質內，造成腦部水腫，嚴重者會有頭痛欲裂的感覺。

但是這裡不是青藏高原，我知道這是藥物引起的心跳加快，快到我有點受不了，我開始運用我面對高山反應的策略與技巧。

「咦！好像有點效喔！」我慶幸著。

「看起來還好，請慢慢呼吸，現在要開始加另一種藥囉，請不要動。」還是中控室來的聲音。

我慢慢地深呼吸，一邊想著是否有心律不整，這次的藥物反應是否有不一樣？

「請慢慢呼吸，現在要開始加另一種藥囉，請不要動。」

「看起來還好，現在要開始加另一種藥囉，請不要動。」

「請不要深呼吸，平常呼吸就好。」中控室傳來的聲音，我聽到好像旁邊傳來了另一個聲音：「怎麼看起來都是正常心跳，並沒有異常的傳導途徑，怎麼辦？」

「快好囉，我們要再試另一種藥，請盡量不要動。」中控室的聲音像是命令一樣。

這次的反應特別強，強到像是心都要跳出來了。我極力深呼吸來對抗藥物的刺激心率加快，一吸一吐一吸一吐……心跳得越快我越努力地深呼吸。

「請不要深呼吸，不要對抗我們，平常呼吸就好，還有不要動！」中控室好像知道我在做甚麼。

「已經用五種藥了都好像沒有異常的傳導途徑，下面……」是另一個人的聲音。

「沒關係，這裡，這裡，好像這裡可以，就做這裡吧！」權威的中控室聲音下了最後的指令。

對抗好像上青藏高原時有的身體反應完了之後，必須躺著不能翻身八小時以防止出血的情況，我看了一下書看我被做了甚麼處置，才知道是經導管電氣燒灼術。是要阻斷引起心律不整的不正常電路傳導途徑。在電燒過程中，會置入特殊的電燒導管經鼠蹊部到心臟產生不正常活動的地方。經由導管前端產生熱、極冷或放射能量，使異常的傳導途徑產生電阻。

可是我發現好像心跳跟以前跳得都差不多耶！

往後的幾個月，每個知道邱教授昏倒的事情都暗自猜測個中理由，從很荒謬的嗑藥到很悲觀的自殺都有，甚至有位同事還拉我到旁邊問：「你是怎麼了？為什麼送到急診室的時候是有已經打上點滴的？」好像我怎麼……。

我沒有回答他，卻心想：「我以前在做實驗的時候，沒有人幫我抽血，我就自己抽血給學生做研究。」

「那天是因為帶狀疱疹食慾不振吃不下東西，再加上前一天有瀉肚子怕身體不能承受脫水，所以就自己打針並給點滴補充水分和電解質……這樣子可以嗎？」我想回答他呢。

有人說：「謎團就是謎團，不能解開的是謎團，若是能解開的謎團在解開之後又如何呢？」

庇佑

每年的中秋節都是華人很重要的節日，不只是家人團圓歡聚的重要時刻，也是好吃的涮羊肉開鍋的日子。

「來、來、來！我先涮一下，羊肉要這樣子涮才好吃。」站著一邊捲起一盤羊肉一邊說話的是一個帶有廣東腔個子不高卻長得很體面的人。下面的圓桌旁坐著近十個都是年紀相仿應該都是很要好的朋友。

「陳胖是以前中山堂前山西晉記涮羊肉的老闆。之前多風光啊！客人是多得不得了。」

「他經常說涮羊肉肉片要切得很薄，這樣子涮一下就入口即化特別好吃。他切得羊肉片是不能開冷氣的，因為會把他切的羊肉片弄飛了。」

「可是我經常虧他說那是因為他切得越薄就越省成本，不開冷氣就越省電費呀，如此一來就賺得越多呀。」那人說得更起勁。

聽完這話，坐在下面的一群人哄然大笑說：「對、對。陳胖你說是不是？」

說話的人是我進外科的主治醫師，後來是主任也是醫學中心的雷院長。陳老闆是我當住院醫師時候認識的，當時他是飛官剛退役帥到不行。對他最深刻的印象就是為什麼叫他「陳胖」是因為他很瘦，希望我們把他叫胖了。還有他以前有一次訓練飛行的時候突然迷航了，等找到目標下降之後才發現是在Okinawa（日本，沖繩），他說後來他們飛回台灣的時候，空軍總司令都來迎接他們，因為他們沒有叛逃到大陸。

「過了中秋天氣較寒比較適合吃涮羊肉。」陳老闆解釋著。

近四十年來，沒有特別約定、沒有歃血為盟、沒有契約地契，只有口頭的承諾說：「每年中秋過後，我們再來吃涮羊肉，就這麼定了。」聽起來好像那義薄雲天的哥兒們誓詞。從一開始的一小桌五、六個朋友到後來的一大圓桌十幾個好友的相聚，當然，隨著大夥都開始有點年紀，桌上的人數也因為人走了而少了一些，也因為需要更多的朋友而增加了些。但是不管如何，這些都是沒有利害相關、沒有政治影響的一群具有真性情的死黨。雖然曾經邀請各位的夫人參與，可是好像沒有一位夫人想參加這些臭男生的聚會吧。

除了雷院長以外，張老師也是每年必定參加的一員。我考上博士班的時候，當時的臨床指導老師也是職務上的直接主管雷主任，約我的研究指導老師張教授，也是後來陽明大學的教務長，三個人到南京東路上的一家飯店餐敘。本以為只是互相認識的程序，沒想到三人坐定之後，雷主任從桌下拿出一樣東西，說他這輩子最尊敬老師，這是帶我來「拜師」，希望張老師能夠好好教導我。隨後又拿出另一樣類似的東西，說是要等到畢業那天再來「謝師」。那天晚上，我們三個人就把第一樣東西解決掉，後來畢業時我們仨人又喝掉當初講好的那一瓶威士忌，當然還加上好幾瓶呢。

我昏倒復甦醒來的隔年中秋過後大夥又聚在一起。每個人身上都多了一些傷口、多了些許疾病。

「魏部長，你那年開車心臟不舒服停在路邊，後來都沒事了吧？不是因為這件事而娶到了好老婆？」

「Allen，你腸子切掉了，還能喝啤酒嗎？來，先乾一杯！」幾乎全白髮的黃「教授」提高嗓門吆喝著。

下面坐著的「翰」、「功」、「戚」、「榮」、「魏」、「Allen」各個都是榮總陽明團隊裡的一級主管或是教授，具有專業領域的卓越貢獻。喜歡聚在一起不是可以討論行政支援或是利益相通，只是喜歡那種無憂無慮的喝酒打屁……。

「你怎麼那麼幸運，有沒有後遺症？」一陣沉默後張老師首先打開話題。張老師以前常常會在聚餐後邀我去喝一小杯（其實就是續攤），經常緊握著我的手說：「你真的是我很特別的學生……」「我怎麼覺得你做每件事都很用心，我是說每一件事喔！都很穩，讓人很安心。」「我總覺得你不應該只有這樣子……」「You deserve more .」我一聽到他開始說英文的時候，就知道要帶他回家了，而且要交到胡老師（師母）手上才算完成任務。

「『邱』做了那麼多好事，一定是被保佑的。」「魏」從以前就一直很支持我。

「對呀！他每年上山做了那麼多事情，都是善事，應該的。」「Allen」補充著。

「你醒來前是甚麼感覺？」很少說話的「黃」問，「功」、「戚」、「榮」都附和。

「先謝謝上天我還能看到各位，我先敬大家一杯。」說完話我乾下一杯白酒，突然覺得哪裡怪怪的。「我謝謝上天為什麼要跟他們喝一杯呢？」我暗自咒了自己。

「……在那片白色長廊中，像極了螞蟻到處嗅聞盲目焦急地尋找出口的模樣。在依舊無法打開門往長廊另一端走過去的時候，隱隱約約地，看到遠處上方有七彩的顏色。稍微走近離那有彩色的地方約莫五六步的距離，往上看在長廊盡頭左上方的角落竟盤坐一個小孩，右腳屈膝盤著左腳自然地垂下，露出青綠色的臉龐在藏紅色的袍子上，竟不顯得猙獰恐怖，反而像頑皮的小孩，噘著嘴，用右手指一指他的左手邊，好像示意我往那個方向走去。我順著他指的方向走去，竟然是一道門，我推一推，深怕又是長廊那邊的那道門一樣，無法打開。可是這一次，這個門竟然開了……後來我就醒了。」我仔細地描述醒前的情境，接著說：「後來我回到家找到一本西藏植物圖鑑，仔細一看中央的藥師佛是青藍色的，遠遠看去，就好像是我在夢中的長廊裡看到那青綠面龐的小孩。」

「那是藥師佛來救你了。」不知是誰出了聲音。

「有沒有甚麼後遺症？例如腦部受傷？」「翰」是麻醉部主任質疑著。

「左腳有，不能向上舉，是 drop foot，是周邊神經被壓到吧！」我繼續說：「醒來那天是聖誕節喔！」

「那是上帝給你的福報。」信主的雷院長說。

「對呀！我真的很幸運，夢中有藥師佛來救我，醒來的時候是聖誕節也是基督耶穌復活的日子⋯⋯」我心存感謝地說著：「不管是藥師佛或是基督耶穌，都是來幫我的，我真的很感恩。」

「不過，我還有另一個說法，那就是『ischemic preconditioning』（前置缺血性處裡）。因為我每年都上青藏高原，上高原的時候高原反應就是一個腦部缺血性的小小傷害，而這個傷害會誘導腦部產生很多物質與酵素來保護腦部不受傷害。在這次昏倒的時候，在還沒發現的時候腦部開始缺氧的時候，身體就以為我又回到青藏高原，結果馬上啟動保護作用，讓我的腦部盡量減少傷害……」我詳細地解釋是否有可能有科學根據？意思就是說平常小小的傷害可以保護身體更大的傷害，其是不只是西醫，中醫及很多狀況都是這樣子的。

一說到跟科學有關的話題：「對、對、對，就是『ischemic preconditioning』的概念。」桌面上的被認為是科學家的人幾乎異口同聲地大叫著。甚至最後終結到我可能進入武俠小說提到的「龜息大法」，藉由放慢呼吸等生理活動來休養生息。我想起以前聽過：「上天給你的不一定是你最想要的，而是你最需要的。」心想：「如果以前很現實地只顧賺錢而沒有到藏區幫助藏族，上天是否還是會如此地善待我？」

在聚餐結束後的幾個月之後，聽到了兩個令人震撼的消息。

「范老師週末回老家，看到樹枝很亂，傍晚就搬了個梯子自己上去剪樹，不小心從梯上跌下來，但是不知道時間有多久，隔天才被發現躺在樹下，跌傷的頸椎四肢不能動，手臂也因為壓太久壞死而必須截肢……」

「施主任在那天主任慶生後回到家，家人以為他去洗澡，突然聽到一聲巨響，趕快進去後發現倒在地上，送醫院已經OHCA，隔一陣子後好像還沒醒……」

與其相信冷靜理性的科學，我寧可相信自有冥冥之神。聽到這些令人難過的消息，我只能暗自為他們祈禱：「不管是哪一種力量或宗教，希望您賜給他們像降臨我身上的神蹟，讓他們有機會再來一次……就像您賜給我的一樣（阿彌陀佛、以馬內利……）。」

長夜漫漫

春節時分，寒冷的冬夜剛過，清晨的陽光灑在陽臺花草上面，葉面上掛著昨夜留下來的雨滴，在陽光的透射下一顆顆地晶瑩剔透像似灑在葉面上一串串的珍珠項鍊。小小的蝸牛沿著濕漉的樹幹正努力地往上爬，盛開的九重葛迎來了一家族的綠繡眼，時而停下嘰嘰喳喳地四處張望，時而凌空而起呼嘯而過。遠處的大樓已經被鄰近花圃的大喬木遮得只看到了一方白白的牆壁。忽然之間，一對不知從哪裡飛來的白頭翁像惡煞似的停在枝頭上，嚇得幾隻綠繡眼不知所措地落荒而逃。正當白頭翁低頭尋找甚麼的時候，突然像看到了甚麼也一溜煙地消失無蹤。就在納悶的當兒，花架前花圃蓋的小棚架上悄悄地出現一隻斷了尾的花貓，像是想隱匿著牠的行蹤一步一步後腳貼著前腳往前走，耳朵前前後後地轉著，此時四下一片寂靜。正想看牠是否看到甚麼東西的時候，說時遲那時快，「噹」的一聲，花貓腳下的白色花棚突然崩落了一塊，「喵——」尖銳的叫聲伴隨著花貓在空中完美的轉身後優雅地落在棚架下的土地上。

「呼——」「吸——」「呼——」「吸——」

左胸口因為急救時留下來的胸骨挫傷引起一陣的疼痛，雖不像撕裂的劇痛，但也是在平常呼吸的時候會不由自主地停頓下來。

彷彿大睡一場的昏迷，不堪加護病房的「日夜照顧」及為了尋找原因必須要禁食的各種檢查，讓原本已經不是虎背熊腰的我變成了瘦骨嶙峋耗弱異常。清晨起來蹲馬步打著不成氣候的氣功，看著隔壁花圃棚架上的一景一幕，是回到家後漫漫復健長路每一天的起手式。

夕陽西下，淡水那邊的晚霞映在體育館高聳的牆壁鋪成美麗的金黃色。

「咚，咚，咚，咚，咚，咚」規律的籃球落地的聲音迴響在室內的場館。

「戈，咚，戈，咚，戈，咚」拖著無法上舉的左腳只好舉高膝蓋，一步一步地踏下去。「咚，咚，咚，咚」、「戈，咚，戈，咚，戈，咚」輪替的聲音此起彼落像似交響樂縈繞在館內的周邊，一圈一圈，一圈一圈，一圈又一圈，一圈又一圈。

「今年六月，我想去青藏高原，先去西寧就好。」

「你現在的身體可以去嗎？」妻子說。

「不知道耶，不過因為本來就不是腦部心臟的問題，所以應該還好吧！而且現在腳也已經好一點了。」

此時說要去千里之外的青藏高原，大家都不看好，我自己也很沒有把握，畢竟體重已經掉到大一時候的體重還不知道有沒有體力去走這一趟呢！只是想試試看自己是否還能夠有機會上到青藏高原？這次會昏倒的原因不說其他的，我常常跟問起我的人回答說：「我之前每年都上山也會引起缺氧的症狀與反應，就是今年沒有上山，所以上天也在台北讓我在今年有缺氧的機會吧！」會想在這次病後重回青藏高原也是一種挑戰，是一種面對未知結果的直球對決，看看自己的身體能否接受大自然的挑戰？

「還有一個很重要的原因，就是想去西寧塔爾寺還願。因為畢竟夢中青綠色臉龐的頑皮小孩引導我走出夢境才醒來的。」我跟隨行的妻子及胡理事長解釋著。

「對呀！我去加護病房看你的時候，你的臉腫得像豬頭，我握著你的手，祈禱你能夠醒過來。」個性開朗、心地善良又有能力的理事長一路上有機會的時候就會再說上這麼一句。

我們到了海拔二千六百公尺的西寧，發現身體狀況還好就放心不少。隔天馬上造訪塔爾寺想看看裡面的藥師佛，可惜因為整修而沒有開放。我從窗口的縫隙專心地看著裡面的藥師佛，燈光暗暗地無法看清，可是我覺得好像祂的面容很清楚地出現在我眼前。在虔誠地謝謝之後，我彷佛又聞到以前上山時在理塘縣長青春柯爾寺裡的藏香——悠悠地、沉靜地。

從西寧往西南走到青海湖東側的時候，會經過湟源縣的日月山，平均海拔四千米，是進入青藏高原的必經之地。傳說中在唐朝文成公主嫁到吐蕃之時來到這裡，站在山頂上，東不見榮華長安京城，西見一片蒼涼塞外草原，思鄉之情不禁油然而生，忍不住取出臨行前父皇所賜的日月寶鏡將其摔碎，破裂的寶鏡形成了青海湖，而所帶的黑色珍珠遂成了湖邊綠色草原上點點犛牛。

六月的青藏高原很美，山腰上的黑色犛牛遠遠看起來像是小小螞蟻在緩緩的移動，偶爾有紅色的花圃一塊一塊的點綴在綠茸茸的草地。望著天上飄過的白雲，夏日高原的微風輕拂在臉上，有點涼又有點暖。正當我們快到日月山之時，看到已經白了的山頭。

「哇！下雪了！不是冰雹是雪花。」

翩翩飄下的雪花像天女散花一樣，將綠茸茸的大地裝點成一片銀白。颼颼的山風帶來的陣陣寒意，卻擋不住讓在台北夏天穿著短袖的我們盡情享受這幾乎不能想像的六月雪。

「六月雪，難道有冤情？」我們雖聽說了史書上戰國末期「鄒衍」是六月飛霜的主角，但是還是覺得「關漢卿」的民間戲劇《感天動地竇娥冤》的六月雪更令人耳熟能詳。

「哪有甚麼冤情？如果六月雪是有冤情，那麼西寧每年都有冤情了。」同行駕駛的師父說了這麼一句話，因為西寧地處高原邊緣，冷暖氣流交鋒劇烈，會產生強降雨，若氣流將含有冰晶或雪花的低空積雨雲拉向地面，便會造成六月雪的奇觀。

看吧！是不是民間傳說比較傳神有意思。

西寧之行回到台北之後，覺得自己的身體還可以自由行走，還可以承受輕度缺氧的狀態，以後又能重回青藏高原時總有著雀躍的竊喜。然而心理的恢復健康總不如生理的恢復來得快，一回到現實生活中，就陷入每天要面對的「長夜漫漫」。

「聽說你昏倒前就有睡眠的問題，是怎麼樣的情況，可以說說看嗎？」住院時會診的身心科醫師問著我。

「其實白天我都正常的工作，去學校上課帶學生做研究，同時也看門診開刀，回到家都蠻累的，可是到睡覺的時候，一上床反而就睡不著了。有時候懵懵中感覺到快睡下去馬上又醒過來，手都可以覺得已經很重很重快睡著了，又聽到甚麼聲音，就醒了。」

「剛入睡的時候就覺得好像窗外有人聲，有拖車的聲音，要不然就是聽到雨水滴到雨棚的聲音『得、得、得』滴個不停。有時覺得窗簾外的燈光一閃一閃的……」

「覺得好像睡下去了，又覺得好像腳冷冷地，蓋上被子隔一陣子又覺得好熱，可是一踢了被又覺得想上廁所，去上了廁所回來是最想睡得時候，躺在床上怎麼又覺得想上廁所了……」

「睡了沒多久，又聽到樓下的沖水聲，窗外有雨聲夾雜著蟲鳴蛙叫，在夜裡特別的吵鬧……」

我描述著每一個夜裡可能會碰到的情景，想到有位病人對我說：「我在床上翻來翻去就像煎魚一樣，一夜煎了好幾尾。」真的是對失眠最好的闡述。其實更可怕的是在每一天的傍晚就會開始擔心今天將會是個甚麼樣的夜晚？是否我又要一分一秒的看著天花板聽著一點一滴的流水聲度過這漫漫長夜？

「……讓我擁有多一個夜
讓妳也能夠了解

我的心情 內心的世界
我的感覺
總是在一個失眠的夜
我就會盼望妳的出現
你有美麗溫柔的雙眼
我可以看見……」

腦海中出現了張學友的〈失眠夜〉這首歌詞，或者「……我沒有禮物送你，就送你一個滿天的燦爛和一個不眠的夜……」加上一幕幕戲劇性的畫面，失眠真的可以這樣的浪漫嗎？

「你想要甚麼樣的生活？穩定的？還是變動的？」醫師問我。

「甚麼意思？不懂！」

「如果你每天的生活都可以是自己控制，就算穩定的，我可以開安眠藥給你。但如果你的生活變動很大，吃安眠藥比較不合適，因為它會有些副作用。」他回答著。

「我出院後會停掉很多工作，也可能會退休，那就開藥吧！」還在住院的我身心耗弱無法想像以前的工作量有多大，只想請他讓我好好每天睡個好覺。

剛吃藥的那一週幾乎每天一上床就昏迷過去，也都整整睡十個鐘頭，因為八個鐘頭加上兩個小時頭昏昏的。「〇〇〇藥，第四級管制安眠藥」望著電腦螢幕上驚悚的字句，我暗忖著自己怎麼落到要吃這種藥的地步？

「今天先減成四分之三顆試試看。」

「前幾天的四分之三顆好像可以再少一點，就減成半顆好了。」

「這幾天半顆的量好像不太夠，再加回一點，四分之三是0.75，半顆是0.5，那就0.6好了，就是半顆加上一小片。」

就醬子自己跟安眠藥做討價還價的對抗。其間還碰到母親在我快要上床之時往生，我還要決定要不要先吃藥？後來不敢吃的原因是這種藥一吃了之後就像 pass out 一樣不醒人事，但是只能睡五個小時，之後醒來再也睡不著了。

隨著身體的復健越來越好，失眠的問題也改善許多，但是一直是心中不想擁有的一環，總是想不吃安眠藥，畢竟有太多的副作用。看著螢幕：「突然停掉的話，會有戒斷症候群。患者會覺得焦慮、煩躁、心悸、肌肉酸痛，失眠的症狀可能一下子又再復發。若減藥速度過快還會出現反彈性失眠，失眠不僅復發甚至還比以前嚴重。」我在盤算著怎麼戒掉安眠藥。

「現在是 0.6 顆，今天先減成半顆試試看。」

「昨天是半顆，今天就半顆剝掉一角。」

「今天就完全不吃試試看。」我正打算做這驚人之舉也的確做了這件事。然而躺在床上，一張張的畫面，任何細微的聲音與光線，就從眼前閉著的黑幕一一開啟。

「再去吃回去吧！」

「不要。」

「吃回去吧，何必跟自己過不去？」

「我不要。」

「去拿吧，這樣子可以好好的睡一覺喔！」

「好吧！」

「昨晚睡得不錯吧？」

「嗯，就繼續吃吧！」我心滿意足地回答，可是我知道我還是有病。

「甚麼？你自己改成0.6顆？那根本沒有效呀！」醫師知道我自己減量驚訝地說。我自己猜想如果他給我的是維他命C的話應該也是有效的。

後來的一年，我從三個月拿一次慢性處方箋，到拿一次吃半年。領了就吃，吃了就減，減了就停，停了又吃，如此日復一日，年復一年，有時候為了加強信心就將藥全部倒在馬桶裡沖掉，可是又隔一天就趕快去醫院拿藥。心理自我的征戰一直持續，一直持續，我不願在這裡認輸，我一定——不會輸的。

直到有一天：「我們去歐洲，去葡萄牙看看！」我跟妻子提議去看以前在我實驗室的外籍生。出國前夕我依然將安眠藥打包，放在隨手可得的包包。一切都按照出國程序進行，一到了國外發現有時差七個小時，剛吃下去的安眠藥好像來不及出現藥效就必須起來到處走走觀光。近一星期的時差強迫停下安眠藥，在回來的飛機上以褪黑激素當作調整時差的輔助，結果回來一週後，我沖掉所有的安眠藥，告訴自己——我回來了。

當然除了生活習慣以外，很多方式都能幫助睡眠。例如睡眠衛生，其目的是營造舒適的睡眠環境，建立規律的運動習慣，排除可能影響睡眠的各種因子，了解正確的睡眠觀念。

良好的睡眠習慣包括了：

- 避免午睡過長（二十分鐘到三十分鐘）
- 午後避免飲用咖啡、可樂、茶等刺激飲料
- 午後的常規運動與傍晚晒太陽十分鐘（可增加腦部褪黑激素生成）
- 睡前避免吃太多東西或激烈運動
- 睡前不抽菸不飲酒

- 睡前半小時做一些伸展操或是翹高雙腳
- 保持臥室黑暗與安靜，室溫23—25度
- 固定睡眠時間，讓生理時鐘引導入睡
- 運用一套幫助入睡的放鬆方法，例如腹式呼吸法、聽舒眠音樂等等
- 躺上床後禱告或是替需要的親戚朋友祝禱
- 最重要的睡前一小時不滑手機
- 若家中有蚊子，最好的方法是用蚊帳

通常失眠的人都來自於睡眠習慣不好。除此之外，了解睡眠週期是很重要的。一般睡眠週期可分一、入睡期：準備開始進入睡眠，此時會出現昏昏欲睡的情形。二、淺睡期：屬於淺眠階段，常常會有做夢的情形。三、熟睡期與深睡期：進入深沉睡眠，腦波的變化大，頻率、振幅增加，此階段不太會做夢。四、快速動眼期：會出現翻身動作，此時腦波迅速改變，表示快要醒了。

正確的認知，例如避免「我一定要睡著」、「晚上會不會睡不好」、「我怎麼又醒了」的負面想法。說若是上床不久開始有做夢的感覺，其實是快進入睡眠，只是有時候會略為醒來，忽睡忽醒是這時期的特色。很多人在快睡著的時候忽然覺得醒一點就覺得他睡不著了，就更緊張更睡不著。因此若在此時有正面的想法「喔，我做夢了，應該快睡著了」、「怎麼好像醒一點，沒關係，等下就睡著了」會讓自己在睡夢中更容易睡著。中醫所說的「閉目養神」其實也算是睡眠的一種。

有一次在疫情期間無所事事正在追劇的時候，看到《倚天屠龍記》裡郭靖在大漠的山丘上遇到梅超風跟全真教馬鈺道長的那場戲。

「道長，這麼冷怎麼睡？」郭靖在山上瑟縮著問馬鈺道長。

「練功不外乎，呼——吸——」馬道長回。

「呼——吸——呼——吸——」郭靖嘗試著，果然可以在天寒地凍的山上睡著了。

後來在《九陰真經》第一重訣裡：「……五心朝天，靜心絕慮，意守丹田……」有這麼一句。若加上現代觀念裡的放鬆呼吸法（靜靜地從鼻子吸氣約四秒鐘，屏住呼吸，吐氣約八秒）有異曲同工之妙。所謂的五心就是四肢腹面加上頭頂朝上，若五心向上其實就是人體整個平躺，是最放鬆也會造成交感活性較低，副交感活性較高的姿勢。貓狗等動物若呈現這種姿勢陪著，就是牠們最輕鬆的時候。利用陰陽儀（心律變異度測量儀）我發現這種組合可以造成副交感的活性增加而幫助入眠。

「五心朝天，靜心絕慮，吸少呼多，自然入睡」果然是入眠心法。

「啾、啾、啾」窗外的鳥叫聲，「嗝、嗝、嗝」的蛙鳴，「咕嚕、咕嚕、咕嚕」捷運的聲音，在在都宣示著早晨的到來，我揉揉睡眼惺忪的眼睛，做著輕微的手部腳部運動，看著窗簾縫隙射入的溫暖陽光，感覺睡得「挺好」的。

原來吃安眠藥的睡眠好跟自然醒的睡眠好，最大的差別就是自然醒的睡眠好有很強烈的「幸福感」，這種感覺是安眠藥無法給予的滿足。

夢境隨話

「我都一直做夢，雖然睡了很久還是沒睡飽的感覺。」這是病人最常在門診跟我要安眠藥的理由。

「其實做夢表示已經開始入睡，是進入深層睡眠的一個階段，如果好好認識做夢這回事，應該可以幫助你入睡的。」我在開藥之前都會先告訴病人這些事情。

「夢到底是彩色的？還是黑白的？」

我剛要講夢是彩色的時候，有人就說了這些話。

「有人說黑白的是代表跟事實相反，例如以前當學生的時候，每次夢到考試考很爛，結果考出來的成績還不錯。」

「甚麼小時候？我一直到現在還會夢到考試成績很差被爸爸罵呢！」

「老大，你不是說你快醒前夢到那個藍綠臉龐的小孩指引你，那不就夢是彩色的？」

「我覺得夢好像是一張張圖片在腦部重新排列。」我試著描述之前所做的夢境。

「我知道，應該就是人在夢裡磁碟重組我們在白天所看到所聽到的記憶。」果然「宅」說得很貼切。

「你們知道最浪漫的話是甚麼嗎？」

「我願我一直在夢裡不願醒來，因為我怕醒來後就見不到你。我要一直醒著看著你，因為我怕睡著了就找不著你。」

「哇！真的好浪漫唷！」正在戀愛的「珊」羨慕著。

「為什麼夢醒後，幾乎馬上就忘掉了？有時候想記起來都沒辦法。」

「……」

「……」

好像沒有人能回答這個問題。

「我的小孩說她夢到要上廁所，結果找到廁所的時候，一解出來就醒了，發現尿床了。」當幾個孩子的媽媽說著。

「對、對、對，我的小孩說他夢到去水邊，醒來時也是尿床了。」有人附和。

怪不得「日有所思，夜有所夢」，好像做夢是反映白日現實環境的壓力吧！白日裡的所見所聞還來不及消化，只好在夢裡細細整理慢慢咀嚼。

「……曹雪芹就是在這樣極端困苦的條件下進行了『字字看來皆是血，十年辛苦不尋常』的《紅樓夢》創作。我是個『紅迷』（紅樓夢迷），有一晚我睡在江寧曹雪芹故居，夜裡居然夢到曹雪芹……」

「我望著他的背影想追過去問他：『《紅樓夢》八十回後發生了甚麼事

情？』他回過頭來正要跟我說話的時候……『酈老師，醒醒，酈老師，醒醒！』有人叫著我。霎時，就醒來了。一知道不是甚麼大事，害我錯失了問曹雪芹《紅樓夢》八十回後到底發生了甚麼事情，氣得我要死呀！」

說話的人是酈老師，中國古典文學博士也是江寧織造博物館館長。因為曹雪芹的祖父曹寅歷任蘇州織造和江寧織造，所以酈老師對曹雪芹寫《紅樓夢》的背景深深地吸引，也很想知道《紅樓夢》的最終結局，當然能問曹雪芹這個當事人是最好的，可是卻被無端地喚醒了（殘念）。

「老大，你醒來之前有沒有看到……那個？」

「看到甚麼？哪個？」我不明白。

「那個……那個……你知道的。」

「是甚麼啦？我知道甚麼？」

「就是快醒前會不會看到一道光？還是做一場大夢？」

「其實就像上次說的，在長廊裡找不到出口。剛醒來就覺得睡了一場大夢，整個昏迷過程就好像在臨終中陰跟夢境中陰之間徘徊……」我回想了一下。

「甚麼是夢境中陰？」大夥異口同聲。

印度大師蓮花生所寫的《中陰得度》，與現代語言寫的《西藏生死書》，其實都是要我們除了慶幸這輩子能因前些輩子的福分，而在今世轉為「人道」之外，也要知道死亡並不意味著終結，而是往生到另一輪迴吧。《中陰得度》的中陰就代表每個人的生與死。

生的時候有三個狀態：

（一）生處中陰：從出生到死亡的階段，也就是人活的狀態。

（二）夢境中陰：從入睡做夢到夢醒的狀態。

（三）禪定中陰：禪定的境界狀態。

也就是說白天的時候，我們在生處中陰，晚上睡覺的時候在夢境中陰，有些修行的人可以藉著修行進入禪定中陰的階段，若能在活著的時候好好地分配這三個狀態就能善用自己的身體了。

死的時候也有三個狀態：

（一）臨終中陰：由活的狀態到真正死亡的過程，一般的臨終助念是在這階段。

（二）實相中陰：由真正死亡到往生的階段。

（三）投生中陰：由真正死亡狀態要投生轉世前的階段。

「我覺得當我OHCA的時候應該進入臨終階段，因為種種原因包括宗教的因素、大家的集氣、科學的因素等等，讓我沒有繼續走入實質的死亡（實相中陰）而偏往夢境中陰，最後有機會醒過來。」我擔心解釋地太深奧。

「那我們每個人每天都在中陰之間度過，對嗎？」

「對呀！我們白天都在生處中陰的狀態。」我很快地回答。

「可是我如果白天很愛睏，是在甚麼中陰？」

「哎喲，那是你在做白日夢吧！」大家笑成一團。

「喔，那應該還是夢境中陰囉。」我猜想。

「那坐禪七的時候是否就是在禪定中陰的狀態？」個子高高的「亮」問了一句。

「沒錯，修禪就是能讓自己達到無思無慮的無我狀態，讓心靈得到深層的平靜與安詳。」我猜「亮」應該有修禪吧！

甘於平凡

還住在普通病房的時候，門口有聲音傳過來。

「副主任來看你了。」

我想哪一個副主任？

隔了幾秒鐘，進來一群著粉紅色外套的女孩子們。

「邱教授，我們來看你了，你還好嗎？」帶頭有著高挑身材又很有氣質的女孩子，一看就知道是主管，後面跟著一群護理師。

「喔，原來是傅主任。」我心想，也勾起三十六年前的往事。

早上七點半剛過，進入陌生的環境，很仔細地刷手生怕被主治醫師叨唸沒刷乾淨。

「ㄟˊ，你是新來的嗎？不要碰到綠色的包布，那是消毒過的。」進入開刀房的時候，一個輕柔中卻帶點嚴厲的聲音警告我。

「對，我是R1，這個月剛來，不熟的地方請見諒。」我低聲地回答。

「擦完手後，丟到這裡。」她指著牆壁邊的小桶子。

我用無菌毛巾擦完手後，熟練的將毛巾由手的外圍拉掉，如此一來毛巾就不會沾汙了剛洗過的手。然後抬高著手讓刷手護理師將手術衣套在我身上並戴上手套。我熟練的整理手套與整裝順勢的回身一轉將腰間的帶子固定綁好。正當要面對手術臺時：「你是R1？看起來不像。穿衣服戴手套的樣子都很熟練喔！」這聲音中的嚴厲少了許多。

「那當然囉，我大四的時候就在父親的醫院上刀幫忙了。」我得意的呢！

不像我在台大實習時候只是隔天上刀，在這裡幾乎天天都要上刀，往後的一個月跟這位姓傅的護理師自然而然地慢慢變熟稔。隨著歲月的推移她也由護理師、房間的leader升任開刀房的副護理長。

「傅……副……護理長，傅……副……護理長，您好。哇！好拗口呀！」

有時候在醫院裡遇到都會特別的停下來唸清楚後才打招呼。

也由於因緣際會她去念碩士班的時候，有些問題會請教我，就更有機會聯絡護理師教育的問題，甚至她往後當到了護理部督導、護理部副主任、護理部主任之間，我們也共同發起了「癌症非藥物處置研習會」的課程，為院內護理人員與病友提供癌症治療過程中可能發生副作用的處置與方針。

「傅○，……。不好意思，應該要尊稱您傅副主任，還是習慣叫妳傅○，……。」在給她的 email 裡我特別的提出。

「邱醫師，沒關係，我也喜歡直接叫我名字，太多的尊稱有點繁複吧！」她回覆著。

當時在一起開會的人員不是一級主管就是即將要升任的二級主管（例如明副主任、美碧督導），有人悄悄的在我身旁說：「這些人裡面很多都是你的學生吧？其實以你的資歷你早就可以當主任、當副院長了，不是嗎？」

「我早就當過院長了，還在乎當副院長？」我心裡暗想：「父親一直要我回去當院長，我都沒回去了，還在乎這裡的主管級職？！」這些年來放棄了四個副院長、一個院長直接要我去接榮總一級主管，放棄了教育部長要我去接國家一級研究單位，放棄了高層的邀約去任職國衛院專職等等別人眼中認為所謂的成功的職位。

「這些你都不要，那你到底要甚麼？」

「我要甚麼？」我暗忖著。

剛從昏迷中醒過來一陣子，知道自己不能再像從前一樣工作，必須在學校與醫院也就是教學生或是看病人之間做個抉擇。瞬間我腦海裡浮現了在毛啞壩邊鄉村醫生家外面，有個藏族男孩躺在路邊，左腳還有個杯子大的傷口，深及見骨，好像正等著人來幫忙；看見因卜卦說要截肢，後來幸運地沒有截肢的挖蟲草女孩卓瑪；那些我看著他們的眼睛告訴要怎麼治療的病人……。也想到父親說過：「病人來，就是需要幫忙，你要盡量幫助他們，因為你是醫生，那是一種天職。」還有那段描述蘿絲在《鐵達尼號》甲板上看著傑克畫冊時對他說的一句話：「You have gift .」不是每個人都能幸運的當上醫生，即便當了醫生也不一定有機緣能幫助到很多病人。如果能夠好好運用這分當醫生的幸運、能力與機緣，那麼什麼理由都不需要了。

我很清楚地知道我要甚麼——那一直在我心底的「初心不忘」。

在辦完學校的事物後，轉完西寧塔爾寺日月山，回到家專心復健之時：「老大，你在做甚麼？」「霜」看我在沒人的會議桌上擺上了一大堆黃色袋子，還有一條條的色紙，正專心一字一句地寫著。我的左腳垂足跟右手指的麻痺因為昏倒的時候壓到神經，經過幾個月的復健後，目前還垂在椅子下，右手的中指跟無名指的末端還麻麻的沒有感覺。

「『霜』，麻煩妳約小邱邱家的人我們七月在『金色三麥』聚餐囉。」

「這些是要寫給你們每一個人的。」我麻煩她。

「你在寫甚麼？」「霜」唸著：

「寧」：妳每次都飄洋渡海來看我們，未來就等我們去看妳們囉。

「玉」：要寫這些的時候，想到妳就想到我合不攏的手指……。

「韻」：這些年來似乎妳被帶孩子顧家庭的日子困住了，希望妳能夠再回到開心的妳。

「蛋」：遠走豔陽高照南方的妳，是否偶爾也會想起陰雨綿綿北方的我們？

「萍」：未來的日子裡，妳一定要比以前還要更快樂更黑皮唷！

「霜」：妳陽光的笑靨與開朗的笑聲，一直是我們歡樂的泉源。妳要一直開心唷。

「晴」：過去近十年帶孩子的漫漫長夜，快要過去了，黎明似乎在眼前囉。

「橘」：有小孩子的人生，應該又不一樣了。好好享受未來的日子。

「方」：看樣子，未來十年方姐的時間，會埋沒在甜蜜的負擔中⋯⋯。

「喬」：除了初戀，你一直順順利利的。未來就等著你們倆去探索囉。

「恩」：人生不能再來一次，但是塞翁失馬，焉知非福。

「正」：多種選擇不代表有多方成就，但是堅持選擇，一定會成功的。

「星」：善於生活讓你的人生多彩多姿，有算過你喝過多少種啤酒嗎？

「柏」：你在碩士研發的步距測量真的很厲害。未來的人生還要靠你的創意囉。

「虞」：你的永遠支持也是你幸福之所在。

「宅」：走過那段灰色的日子，你會尋找到天空的彩虹。

「芸」：過完踉踉蹌蹌的碩士，未來的妳應該更有韌性，可以面對更多的挑戰唷。

「花」：小花，虞醫師跟我一直都記得，以後也會記得唷！

「珊」：臨床匆忙的日子是否讓妳更想念小邱邱家的好。

「儒」：用妳在學校的毅力堅持下去，未來一定屬於妳的。

「修」：女為悅己者容，妳果然做到了。加油！

「晴」：人生無不散的筵席。妳果敢地踏出去，展現出小邱家的風格。

「安」：帶著小邱家的祝福，展翅高飛吧！去尋找妳美麗的未來。

「翔」：沉默踏實，一步一腳印地走向你的未來。

「嵐」：小邱邱家的回憶，是妳未來的中醫生涯中美好的點綴。

「良」：你的優良個性特質成就了你的現在與未來。

「賢」：「未來」，對你而言，從來都不是問題。

「均」：事在人為，成事在天，總會給妳最適合的。

「黃」：「精準」永遠是你的專長，未來等著你去拓展囉。

「占」：走過必留下痕跡，也願妳未來的日子裡有更美好的回憶。

「儀」：過去妳在這裡駐足，現在我們一起歡聚，未來有我們陪著。

「亮」：不經意地來到小邱家，也是一種緣分，希望妳的未來更美好。

「二」：隨緣在小邱邱家，希望讓你的未來更美好。

「建中」：跟你們一起成長是我最快樂的時光，未來就靠你們囉！

我一邊伏案寫著，寫好後摺疊成人字形，中間串入一條黃色的吉祥結，要給每一個來參加金色三麥的成員。當天在金色三麥：

「老大，恭喜你恢復了，為什麼要給我們這些東西呢？」

「你的腳還沒好？就不要跑來跑去了。」

「老大，你昏倒的時候有看到一道白光嗎？」

「……」

大家七嘴八舌的一人一句，讓原本鬧哄哄的餐廳更顯得熱鬧異常，畢竟這個地方是大家成長的園地。

「老大，這一條黃色的帶子是甚麼？為什麼要給我們？」

「這是青藏高原帶來的吉祥結，因為我這次能很幸運地恢復健康，希望藉著我的手將這上天賜與的幸運傳給你們，希望你們都能夠受到一樣的祝福。」

離別的時候，影片響起：

「快樂的時光總是短暫的
人生沒有不散的筵席
就在大夥各奔前程之時
不要忘了這些與你患難與共的好朋友
讓好朋友的感覺
在午夜夢迴的時候
陪你度過每一個夜晚……」

每一次看著疱疹留下來的痕跡，隱隱作痛的左腳，右手指木木的感覺，也想過為什麼不會好呢？然而在夜闌人靜的時候，想起那為我犧牲無數的家人，那些來來往往的病人，那些懵懵懂懂歡樂憂傷與共的學生……我曾想過：「這些病痛與傷痕都是這世歲月的痕跡，在將要離開的時候不要喝下孟婆湯，讓我在來世能夠找到今生『曾經』的印記。」

無遠弗屆

二〇〇三年三月歲次癸未杏月

萬里晴空，無雲，早開的櫻花已悄悄地冒出私人宅院的牆頭。台北的街頭剛沉浸在過完吃吃喝喝年後極欲復工的氣氛。……沒承想……境外暗黑疫神的瘟雲已然籠罩著台北的天空。

幾週以後，隨著台北市立和平醫院因嚴重急性呼吸困難症候群 Severe Acute Respiratory Syndrome (SARS) 院內感染遭到封院之故，全台灣地區進入前所未見的民眾恐慌與醫療窘境。

「邱醫師，急診有個病人，請您過去看一下。」診間外面傳來急促的聲音。趕快處理完手邊的事後，緊急地衝到急診。

「今天早上出門的時候跌倒，嘴巴流血不止，目前體溫 36.8 度。隔離服請到隔壁換，N95口罩，防護罩，及手套都在裡面喔。」護理師一邊快速報告著一邊打開隔離室的門。

「啊——請打開您的嘴巴。不用擔心，我只是看一下哪裡有傷口。啊——張再大一點。」穿戴全副武裝的我，一方面安慰病人，一方面緊張著。安慰的是病人的心，緊張的是面對一個可能是 SARS 的接觸者。正在盤算著怎麼縫合的時候，突然「哈——啾——」病人一個大大的噴嚏，打得我整個防護罩上面都是口水泡沫。

我望著眼前防護罩上的「點點滴滴」，有點絕望有點慶幸。絕望的是擔心會不會感染 SARS，慶幸的是還好有戴防護罩。在脫完所有的防護離開隔離室後，驚魂未定的我度過了這輩子最難熬的一個月。

二〇〇三年五月歲次癸未槐月

疫神的瘟雲快速地擴張著……擴張著……已經吞噬了整個台灣的天空。

一個週三上午，天氣晴。

「邱醫師，邱醫師，我這裡是澳底，你爸爸不見了，我們到處都找不到，他有回去嗎？」話筒裡傳來爸爸好友「阿國仔」急促的聲音。

父親是外科醫師，在台北市中山北路馬偕醫院對面開了一家綜合醫院。過去，閒暇之餘父親總會一個人傍晚開車去澳底，半夜駕著漁船出海釣魚。一週大約一到兩次。自從 SARS 之後，父親的醫院因為病人不敢到醫院看病而冷清到幾乎門可羅雀的地步，父親在家閒不住，所以出海釣魚的時間也增加許多。

「喂，是某某醫院急診室嗎？……請問昨天半夜是否有一個八十幾歲的老先生路倒被送到貴院？」

「喂，請轉某某醫院急診室，謝謝。」「是急診室嗎？……請問昨天夜裡是否有車禍的病人，大約八十幾歲，被送到貴院？」

在跟診間病人們道歉說有急事必須離開後，我開著車子沿著平常父親到澳底的路線，一邊打著電話詢問父親可能因為頭暈身體不適或者因為車禍而被送到哪間醫院，一邊巡視著路旁兩側的診所或醫院，期望看到那熟悉的身影……。

五月的海風，暖暖的、鹹鹹的。一艘空盪的漁船在港邊被湧起的浪推得忽高忽低。雙眼的淚水，熱熱的、刺刺的。一顆絕望的心有如掉入暗黑的海底越來越深。「阿爸，快回來，快回來唷！」依著落海人的習俗我向大海極力地呼喊著，呼喊著，一再呼喊著。

然而，大海依舊沒有回應，一如以往……無情地……。

「邱醫師，邱醫師，你爸爸找到了，趕快回來。」就在搜尋快一天大夥們已經放棄的時候，我沿著海邊開車往回走不到五分鐘的路程，電話中傳來阿國仔的聲音要我回到港邊。

到了青藏高原才知道藍天白雲的美麗，轉過了世界中心須彌山「岡仁波齊」，才了解神山致命的吸引力。以前總不理解明知道賽車、登山那麼危險，為什麼他們還要一再地比賽、不斷地登頂？直到某一年某一次在他們喜愛的活動下來到生命的終點。

潮來潮往，一波接著一波，望著水中父親乾淨的臉龐，想像著那落水可能驚恐害怕的心情與畫面，我左手握著父親高舉的右手，右手慢慢地將他的眼閤上。輕輕地我抱著他告訴他：「阿爸，我來了，不要擔心，我帶你回家囉。」

二〇〇三年七月五日，世衛組織將台灣從 SARS 疫區中除名。大家開始聚餐活動的時候，媽媽突然說：「其實爸爸也是 SARS 的受害者。」

二〇二〇年一月歲次己亥臘月

傍晚六、七點的台北市，就像一大片停車場。一列列黃色的車頭燈及紅色的車尾燈像兩隻蜿蜒的巨龍，穿梭在市區各個街頭。街旁傳來「歡鑼喜鼓，咚得隆咚鏘，鈸鐃穿雲霄……」民歌〈廟會〉的音樂。由於豬年尾的農曆春節來得比往常早，二〇二〇年跨年後的台北，早已充滿了過節前的繁忙與歡樂氣氛。

醫院診間前的候診室，菜市場似的人群來來往往，穿梭在電梯與診間的通道。院區裡擠滿了車子，遠遠望去，偶爾出現幾部小推車，推車上堆滿了像小山一樣各種紅色袋子，那是病人們感謝某位名醫而送的小小心意禮盒。

「我們科的尾牙在一月十七日，你們呢？」

「今年過年來得早，所以餐廳都訂不到了，我們科改成喝春酒，訂在二月二十一日。」

「聽說去年你抽到院長獎，我是槓龜了。今年你的手要借我摸一摸，沾點喜氣吧。」

「其他醫院的開刀房尾牙也改成春酒了，好像也是在二月那時候呢！」

「對了，三月去日本的時候，揪個團一起去吧！」

走在醫院院區裡，聽到許多年輕的醫師和護理人員的對話，無不是對尾牙聚餐摸彩抽獎和出國賞櫻的期待與盼望。

二〇二〇年二月歲次庚子正月

正月的氣候越來越冷，可是據說今年的冬天是暖冬。除夕時家人要團圓守歲，守歲是為了大家能夠藉著放爆竹、貼門聯，來驅趕「年」獸的侵犯。

就在人們歡歡喜喜地迎接鼠年的來到，「年」獸的魔爪早已侵襲台灣各地。

聳動的標題，駭人聽聞的內容，道聽塗說的種種傳聞，極其用力刻薄的播報聲音，鋪天蓋地的在報紙、電視、手機等媒體，每小時、每一天，不斷不斷地傳閱著……散播著……。

迎著晦暗的雨天天色，一如往常，我開著車要到醫院。出乎意料地，街上除了偶爾疾駛過的公車，竟無一絲一毫「人」的氣息。這情景有種「déjà vu」的感覺，讓我想起二〇〇三年初 SARS 肆虐時台北市有如死城的街頭，和 SARS 帶給我家突如其來的巨變及過去種種。

遠遠地可以看到對側車道幾公里外沒有來車的跡象，想起之前與好友王志宏開著吉普車在青藏高原上，若開了幾公里都沒有來車的時候，就會猜測前方的路是否坍方了的情景。昏黃的路燈照在空無一人的城市，車外極其安靜，靜寂地好像可以聽到青藏高原上溪水流過翻起沙子的聲音。

「咕嚕——咕嚕——」慢慢行駛而來的捷運車輪聲，小小聲地，生怕碾碎了那許久未有的寧靜。

幾天後，全台進入防疫二級警戒。醫院成了檢疫重要的執行單位，所有進出醫院的門口，全部管制成單一入口單一出口。每個進入醫院的人，都要經過檢疫人員拿著測溫槍在額頭上檢測過後才能通過，感覺上好像經過行天宮的收驚儀式才會放心似的。這時候方才覺得過去把整個醫院同仁搞得死去活來的醫院評鑑還是有它存在的道理，畢竟需要的時候，幾天內就能夠快速且完整地動員起來。

「你買口罩了沒？」

「你有口罩嗎？」

今年過年後見面的第一句話，已經不是「恭喜，恭喜」，而是口罩相關的關鍵詞。寒暄過後不再是並肩而行，而是匆忙刻意地互相離去。平常休閒的體育館、健身房、網球場等公共場所，也都用黃色塑膠帶封閉起來。連手機裡以往好友群組之間的噓寒問暖，似乎也凍了起來不再熱絡。

週末到了一家原本是訂不到家族喝春酒位子的餐廳，裡面也是空蕩蕩的。「原本訂位的人，有四五桌都取消了，因為在大陸沒辦法回來。」店家無奈地說著。我看了一看，裡面才只有約莫五六桌的空間，當天就算我們一家包場。

是骨牌效應吧！餐廳、旅遊、休閒、電影院、遊樂場等的蕭條報導，都不再是新聞了。

「此病人二月一日有來自香港的旅遊史」鮮豔的紅色警語，出現在我第一個看診病人的螢幕上。在病人還沒進來之前，先請護理師確認此種狀況的標準處理流程，才進行後續的看診以免造成重大的防疫漏洞。

「以後你看診的時候，不要只盯者螢幕看，要面對病人。」我提醒著身旁跟診的實習醫師，希望他往後可以因為這一次跟診而學習成為一個好的醫生。

「你要記著這次的疫情，那對你來說可能一輩子會遇到幾次，如果你能好好吸收這次的經驗，對你來說一定是很有幫助的。」

「口罩只是治標的，最重要的是勤洗手、篩檢與隔離。」

「你要看著他的眼睛詢問病情，而不是看著螢幕……」我一邊說著，一邊想著等下有空的時候，告訴他一部電影《羅丹薩的夜晚》中因為醫療糾紛的醫師，直接面對病人家屬的時候，家屬聽完他冗長的解釋與辯解，最後只問他一句話：「我太太的眼睛是甚麼顏色？」結果他無言以對的故事。

「鼠年」的開春，天不冷，冷的是各行各業的焦慮與不安，農曆正月的台北很可怕，可怕的不是口罩外面可防堵的病毒，而是口罩後面冷漠歧視的心態。

即便如此，人們還是用不同的方式反映社會處處有溫情。一個我們經常光顧的餐廳老闆，在我們用完餐要離去的時候，特地拿了一小罐綠綠的東西給我們。

「現在外面疫情越來越高，這一瓶你們拿去，裡面有我之前 SARS 時用來增強免疫抵抗病毒的配方，有洋蔥、香菜、薄荷、白蘿蔔等，可能會有幫助，一天一小口就好。」

「邱醫生，你甚麼時候退休？退休以後還會看診嗎？」一個戴著口罩的病人問我。

「會呀，怎麼了？」我想甚麼事要這麼問。

「沒有啦，只是給你看著麼久，想說萬一你退休了，我們這些病人要給誰看呢？對了，你有沒有口罩？我給你一個，一定要為我們病人保重身體唷！」

「喔，好的，一定會的，我們有發口罩，你自己留著用喔。」我看著她口罩上端的眼睛……嗯，是「棕黑色」的。

曾經聽過「戴口罩的女孩子，顏值可以提升一個層次」的傳聞，一開始我還不相信，但是看過這女孩後，我相信這個傳聞。不是因為她戴了口罩，而是她的心證實了這個傳聞。

離開診間聽到一個媽媽蹲著跟她的小孩說：「不要擔心現在的情況，我們每一天結束的時候，要感恩上天賜給我們平安的一天，用勇敢與智慧的心去面對未來的每一天。」開車的路上，我發現中山北路的楓紅未褪，台北市的早櫻已經悄悄綻放了。

「老大，你甦醒後最想做的一件事是甚麼？跟以前有甚麼不一樣？」「均」很正經地問我。

「好像沒有甚麼變化，我還是會做以前會做的事情吧！」我回得很快。

隨著二〇二〇年新冠肺炎肆虐全世界接近一年的時光，雖然疾病還沒完全被控制住，但是藉著科技發展，人類的活動也漸漸重新啟動，尤其是視訊的廣泛運用，期待回到疫情前人與人的互動狀況。「馬背上醫生」複訓計畫，也在腦海裡運轉，並在短短地兩個月內付諸實行。

二〇二〇年培訓地點於青海省玉樹市格薩爾王府酒店及台北市兩地利用視訊教學的方式進行，參與人員總人數有七十餘人。複訓課程結合二〇二〇年突發的新冠肺炎病毒，為參訓人員講解了細菌與病毒、病毒與新冠肺炎、如何防治病毒感染，以及維護公共衛生的重要性。黃醫師進行婦女與兒童相關的健康知識，包括婦產科疾病、基本婦科器官介紹等。吳醫師進行兒科健康知識培訓，吳醫師講解怎樣幫小朋友做基本身體檢查以及遇到突發事件的應急措施等，並在健康環境中培育兒童成長過程的重要性。郭醫師講解了針灸防疫、臨床之運用、中草藥防疫臨床之運用和新冠肺炎的防治。加哇醫師講解了痛風病確診與治療，痛風病與病人的言行舉動的關係，通過飲食習慣到食物配方等多個角度進行環境和飲食的健康與自身生命健康的關係。

藏醫貢卻堅贊醫師講解了治未病學。面臨當今世界一日千里的發展過程中，各種環境問題和人類的疾病頻繁出現，我們如何關注自身的言行舉止來防止沒有得病之前如何預防生病。生命是否長壽是跟外在的一切環境與生命多樣性的狀況有直接相關，學會如何維護自身五官功能的平衡與健康，自然也會關注到外在環境與食物的問題，環保的行動也會自然而來，環保也會成為一種生活的常態，對環境問題也會越來越重視，只有對環境問題的引起重視才會真正會做保護環境的工作。曲華絨吾醫師分享了藏區愛滋病預防和傳播性以及藏區環保醫生的職責。在保護自然環境中的生物多樣性同時，人類自身的未來與健康也要關注和重視。

此外，還幫助這三十多位基層環保醫生將傳統藏醫與現代科學醫學相結合，並掌握健康的相關醫學知識，更好地運用到實際生活中。從關注自身健康到關注外在環境問題，從開始預防疾病到控制疾病、治理疾病等階段提供了及時有效的醫學常識及技能支援。大大提升了鄉村環保醫生對健康生命的理論基礎與應用知識。

面對生命的無常與環境的更迭，將近三十年的「初心」經由青藏高原—台北盆地的苦心經營，逐漸讓海拔四千上的牧民健康能夠得以維持。即便新冠疫情的阻隔，仍然不影響大病過後的熱情，「無遠弗屆」或許是這段因緣最佳的註解。

停了的時鐘

新冠疫情的延續讓原本很忙碌的生活瞬間變成快要停擺的日子，生活變得非常簡單，除了三餐日常必需的活動外，屈指可數一天要做的事情。

已經很久沒有在家裡吃早餐了，自從病後加上疫情關係，固定在家吃早餐成了既定行程，一邊吃著一邊看看四下的事物也是一種閒適。忽然間，看到流理臺上有一座時鐘，外觀很歐式像是有腰身的女子，上面彎曲的黑邊像似中古歐洲女子塑身的蕾絲上緣，三點和九點位置向內縮，六點的數字特別大，十二點的數字特別小，整體看來很有古典氣質。喜歡看鐘的感覺可能跟小時候的記憶有關。

「仁輝，要睡覺囉！」是阿公的聲音。

從小因為家裡小孩很多，我是被阿公帶大的。我們倆睡在父親醫院入口

「劍膽琴心」牌匾下的隔壁小房間，房間裡有一張床一張桌子還有一座時鐘掛在白色的牆上，時鐘裡有個長長的鐘擺一左一右地來回擺盪，有時候看著它的時候就好像快睡著了。

「叮——噹——叮——噹——」每到整點的時候，時鐘會傳出低沉的聲音告訴人們整點了，可是也經常因為這聲音而半夜嚇醒。

「你吃甚麼？」阿公看到我嚴厲地問。

「沒呀！沒吃甚麼。」我趕緊把手上的「枝仔冰」放在身後，拔腿就跑。父親因為不准小孩子隨便亂吃東西，所以就要阿公盯著我。

「你這猴死囝仔，趕快回來！」阿公氣急敗壞地喊著。

「阿公，來追我呀！」我跑在中山北路的三線道，在那時候是很大的馬路，來來往往的車子很多很危險。阿公追不上只好放棄，等我回到家後才知道阿公因為我而被父親大罵一頓。

「阿公，這是甚麼東西？」晚上睡到半夜的時候，我睡眼惺忪拿起枕邊一個弧形的東西問著睡在旁邊的阿公。因為阿公怕我睡著掉落床下，所以經常會用大腿夾著我的身子，這樣就我就不會掉到床底了。

「沒關係，這是我的假牙啦！」阿公咧開凹陷的臉頰笑著趕快把假牙放到嘴裡。

記得這小房間的時鐘不僅讓我想起阿公，也想起因為這個房間是父親曾輕輕地將我搖醒很平靜地說：「你阿嬤過世了。」同一個房間也是父親宣布阿公走了的死亡時間。在這個房間裡我體會到父親的嚴厲與溫柔。

每次隔壁唱片行傳出日本歌手平井堅的〈古老的大鐘〉，我都會想起那小房間的古老時鐘。

「おおきなのっぽの古時計
おじいさんの時計

百年 いつも動いていた
ご自慢の時計さ
おじいさんの 生まれた朝に
買ってきた時計さ
いまは もう動かない その時計
百年 休まずに
チク タク チク タク
おじいさんと いっしょに
チク タク チク タク
いまは もう動かない その時計……」

一天早晨吃早餐的時候，發現那個歐式時鐘停了，停在五點五十五分。拿去鐘表店修理時，在鐘表店外面看到一個小孩子盯著櫥窗裡的鐘表擺飾，目不轉睛的一次又一次地端詳。曾經聽說有個朋友的孩子，每天一定要媽媽帶著去看市場旁的鐘錶店，慢慢地仔仔細細地看著每個鐘每個錶之後才會心甘情願地回家。我心裡想，到底這孩子在鐘表店的時候，心裡在想些什麼呢？是甚麼原因秒針會動？還是像天才兒童一樣腦海裡出現一大堆數字？

「你這個鐘已經沒辦法修了。」老闆說著。

我從鐘表店出來將時鐘放回原來的位置，看著那已經停了的時鐘，想著製作這個鐘的人，當時一定很用心地燒銲塑型，他在想甚麼？有沒有甚麼動人的故事？

看著這停了的時鐘，心中卻流出張卉湄作詞石青如作曲的〈如果明天就是下一生〉：

「歲月在你我呼吸間流浪

當終點抵達　那些想望休息了嗎？
身心在日出日落間耗轉
當無常宣判　你的心回家了嗎？

周遭一幕幕演出　不存在的陌生
尋尋覓覓哦　斷線珍珠怎麼接？
失落的音符怎麼唱？

如果明天就是下一生　你將如何度過今天？
如果明天就是下一生　你將如何度過今天？
我用溫暖守護生命　讓浪花留了痕
我用覺照守護健康　讓轉輪點了光」

休息是為了走更長遠的路，但若生命是永久休息，還能有路可走嗎？

想像由大氣層外的太空俯瞰那麼美麗的地球，有深藍的海，有大地的黃，再想想看，目前科技所達之處，除了我們存在的地球之外，好像還沒有找到有「人」的存在，這麼一個無所不在無所不能的上天，竟然會選擇給我們這麼美好的人身，留在這麼美好的地球，做一個「人」能夠做的事。我雖然不能預測下一世會留在六道輪迴裡的哪一道，但深深知道珍惜今世成為人道的幸運與幸福。

很多人都羨慕那些死裡逃生的幸運者，說：「如果我也能像他那麼幸運，昏迷後又醒來完全沒事就好了。」日出而作，日落而息，每一天的醒來其實都是再活過一次，我們是不是就像那些幸運者，每天都擁有第二次的機會？

「老大，就像你現在這樣，如果你再活一次，你會怎麼想？」

「我已經再活過一次了，所以是否應該問，如果我要再離開的時候，那該如何？」我回答著。

「若生命的時鐘注定停擺，我知道我已經盡力走過每一秒每一分，人生的時時刻刻都已圓滿。我會很平靜地說因為我已經擁有家人給予的一切溫暖與陪伴、親友的強力支持、病友的無私信任、學生朋友之間的美好回憶，我擁有太多太多了。二十年來我曾經像普通父親一樣會為了家人許下被認為很愚蠢的誓言，但是我卻不後悔，如今時間即將停止但我並不擔心害怕……因為我已經準備好了。在我放手優雅轉身之時，請你們在我耳邊告訴我：『放心走吧，我們會好好的，永遠記著你。』」

「悄悄的我走了，正如我悄悄的來；我揮一揮衣袖，不帶走一片雲彩。你們不必訝異，也無須悲傷，就讓我們永遠珍惜在交會時互放的光芒。」

看著這個已經停了卻捨不得丟棄的時鐘，因為無法修復總是停在五點五十五分。我在想，會不會哪一天早晨突然看到那沒有電池的時鐘，竟然停在六點三分？！

未來世界

未來世界的某一天，巨大地震降臨台北市造成建築物倒塌不計其數。搜救人員在急診室辦公室發現散落一地的文件夾與紙張。其中有一份文件，封面寫著「ＯＨＣＡ後利用AI (artificial intelligence) 輔助恢復腦部功能的臨床試驗計畫」……。

全文完。

致謝

在此特別謝謝發現我倒在實驗室的吳先生、陽明大學傳醫所師生、台北榮民總醫院急診室顏鴻章主任及其帶領的急診室團隊、加護病房、普通病房、心臟內科林彥璋主任、吳承學醫師及相關所有的醫護人員。更要謝謝家人在這段期間辛苦的付出與陪伴，感謝曾經摺過紙鶴、寫過祝福、還有幫助集氣不管是認識的或是不認識的所有人。

/239

《隧道96小時—邱醫生的明日傳奇》

作者 邱仁輝
發行人 劉鋆
美術設計 胡發祥
責任編輯 廖又蓉
法律顧問 達文西個資暨高科技法律事務所
出版者 依揚想亮人文事業有限公司
經銷商 聯合發行股份有限公司
新北市新店區寶橋路 235 巷 6 弄 6 號 2 樓
電話 02-29178022
印刷 禹利電子分色有限公司
初版一刷 2021 年 12 月／平裝
定價 320 元
ISBN 978-986-97108-7-9

國家圖書館出版品預行編目(CIP)資料

隧道 96 小時：邱醫生的明日傳奇 / 邱仁輝作
初版 . 新北市：依揚想亮人文事業有限公司，2021.12
面；公分
ISBN 978-986-97108-7-9（平裝）

863.55　　110019315